雷竜殿下と黄金になれない花嫁

耳元に唇が触れそうだ。耳も熱くなる。
全身の血が燃えているのではと思うほど熱く、
心臓の異様な鳴りが止まらない。
「サーシャ、その柔らかな
心のままでいてくれ。」
低い声が直接耳穴に落とされると、
いっそうどきどきが激しくなってくる。

雷竜殿下と黄金になれない花嫁

魚形 青

24061

角川ルビー文庫

目次

口絵・本文イラスト／カワイチハル

序章

「これは黄金の花嫁ではないぞ」

自分より頭ひとつ分以上も大きい、そびえたつ塔のような竜人たちに囲まれ、明るい銅の色をした髪の少年は怯えたように立ちすくむ。

「本当に地の精の国ラガン王家からの花嫁か」

竜人たちの眼差しには深い疑いの色が宿る。竜人たちはみな背が高く彫りの深い顔立ちに、鋭い竜の目、襟足のところに鱗があるという特徴を持つ。厳めしい外見にとげとげしい口調が加わって、いっそう威圧感があった。

「黄金であるわけがないだろう。この鈍く光る赤茶色。この色は銅ではないか」

「しかしラガンからの花嫁の持参金、馬車一台分の黄金は確かに一緒に来た」

「ラガン女王からの親書には、第二王子ユールが急な病で逝去したため、第三王子サーシャを国王陛下の伴侶として竜人の国デリンゲルへ遣わすとある……第二王子が急死だと。本当なのか？」

竜人たちの声が遠慮なく頭上で飛び交い、真ん中にいる少年——銅色の髪の第三王子サーシャはわんわんと響くその声に、顔をしかめる。

「名高い『黄金の君』じゃないということか」

「お、オレは銅の精の生まれです」

繰り返される「黄金ではない」の言葉。サーシャは見れば分かるだろ！　と心の中で毒づく。

「我が国の王の花嫁に銅の精か……」

露骨な嫌悪を見せられると、なんとか我慢しようとこらえていたサーシャは叫んだ。

「銅だよ！」

「その者を私の伴侶にしろと？」

声がする方を向くと、一段高いところに金色に輝く荘厳な玉座があり、王冠をいただいた銀に輝く髪と目をした立派な服装の男が座っている。これが竜人の国デリンゲルの王――結婚相手か。

サーシャは緊張に体をこわばらせた。銀竜の王と聞いている通りの堂々たる姿だった。王は整った顔立ちを嘲りに歪めた。

「ラガンの女王は正気を失われたのか？　我が国との確かな同盟を結ぶための婚姻であるはずなのに、この私に黄金ではなく銅をあてがうとは」

同盟のための婚姻……やはり婚姻という名のもとに追いやられた、同盟のための人質でしかないのだ、自分は。しかも皆、しつこく黄金じゃないことを繰り返す。サーシャは鮮やかな孔雀石の緑の色をした瞳を伏せる。

帰りたい。しかし帰ることは許されないはず。王の言ったように、同盟の絆を固く結ぶために自分は遣わされた。それなのに露骨なまでに、いらないもの扱い。これからここで、どう振る舞うべきか分からない。

「……オレはどうすればいいのですか？」

「黄金の王子を連れてこい。逝去など嘘であろう。国にいるのではないか？　私に出し惜しみをしているのか？」

「ほ、本当です。第二王子の兄はもう国にはいません」

震える声で答えた。この世にはいないとは言わなかった。だから嘘ではない。王は不審そうに眉を上げる。

「確かに死んだところを見たのか？」

「お、オレは見てません」

「この者は本当にラガンの女王の子なのか？」

王はサーシャを通り越して、後ろに控えるラガンの大臣に問う。大臣は平伏して答えた。

「サーシャ殿下は確かに、女王陛下の御子でございます」

「なぜ王子なら兄が死んだところを見ていないのだ？」

「金の精である兄君とはお住まいの宮が違いますので……」

兄とサーシャの生まれの違いを伝える言葉に、王はフンと鼻で笑った。

「ラガンの女王は各地の地の精との間に、子をもうけるらしいからな。さしずめそなたは銅山からやってきたばかりなのか？　兄の身代わりで急に嫁げと言われたわけだな。道理で山育ちらしい品のなさだ」

カッと怒りがこみ上げ、サーシャの深緑の瞳が燃える。山育ちで品がないのは本当のことだから、余計に腹が立つ。

「なんだ、その目は」

サーシャは何も言えなかった。地の精の国ラガンの女王は自分の母だが、十七歳になるまで一緒に暮らしたことなどなかった。サーシャはずっと銅山で父と暮らしていたが、母である女王からの誘いがあり、王宮に出て来たのだ。

女王はサーシャに王宮で暮らすかと言ってくれた。華やかな王宮、特に憧れの騎士の姿を見て、サーシャは王宮に住むことを決めたのだった。しかし住む場所は、王宮の中でも北の片隅にある小さな離宮だった。同じ母から生まれても、銅の精であるサーシャは身分が低い扱いを受けている。それがいつも悔しくて――。

そしてこの竜人の国でも同じ扱いだ。王の冷たい銀の目はサーシャを完全に拒んでいる。思わず身を乗り出した。従者のレンが後ろから袖を引いたが、竜人の国との関係も何も、サーシャの頭から消えた。

「い、いらないんだったら、帰る！」

サーシャの叫びに、怒号、失笑で広間が沸いた。

「王に対して何という物言いか」

「望み通り山に帰らせろ」

サーシャを受け止めてくれるものは何もなく、唇を噛んだ。

銀竜の王が口を開こうとしたとき、いきなり雷鳴が人の声の響きを持って頭上から轟いた。

サーシャは思わず耳をふさぐ。

「いらないなら、私がもらう」

雷鳴は確かにそう聞こえた。王宮の天窓から覗き込む、黒い雲のような巨大な何かが見えた。天窓を掴む、鱗と鋭い鉤爪のある前脚が、器用に天窓を開ける。

——竜だ！

黒い雷雲のように巨大な竜が、自分より小さな天窓から入れるのか……？　サーシャが茫然としていると、黒い塊になって、天窓から広間に飛び降りてきた。それは竜人の中でもずば抜けて背が高い男の姿になった。

うねるように乱れた漆黒の髪に同じ色の瞳、精悍で男らしい容貌だった。銀竜の王よりも背が高く、おかしがたい気品と威厳がある。

「ロウエン、おまえが？」

王が呆れたような口調で言う。

「ええ、私が。王がいらないとおっしゃるのなら。地の精の国ラガンとの永続的な同盟を結ぶため、私がもらいましょう」

「あ、あんた、誰だよっ！」

思わずサーシャは叫んだ。

「いらないならもらうって、何だよ！」

後ろからレンがまた、焦るように袖を引く。しかしサーシャは熱くなった自分を止められなかった。

「オレは犬の子みたいなもんか⁉」

黒い竜の男はサーシャを見つめる。恐ろしいまでに鋭く輝く黒い双眸に射すくめられ、サーシャは動けなくなる。

「まさか、そんなつもりはありません、サーシャ殿下」

「あ、あんたはいったい……」

「申し遅れましたが、私はデリンゲル王ウィルデンの弟、雷竜のロウエンと申します」

王弟だ。兄は銀竜なのに弟は雷竜なのか。あまりに違うので疑問に思ったが、金の精の弟でも自分は銅なのだから、同じことかと思い直す。

王より体格も優れ、威風堂々として見えるロウエンが、ふいにサーシャの前に跪いた。大きな雷竜の男に見上げられ、サーシャは慌てふためいた。動揺したまま飛びすさろうとした右手を取られて硬直した。

ロウエンは恭しく、サーシャの右手の甲に口づけした。唇が触れたとたん、ビリっと雷電が走ったような気がする。サーシャはロウエンから慌てて手を引っこめた。色白の頬から首までが真っ赤に染まる。

手を引っ込めたサーシャに、雷竜の男の顔にさっと翳りが走った。しかし怒ったわけではな

さそうで、丁寧な口調で求婚の言葉を口にする。

「私の花嫁になっていただけないでしょうか。地の精の国ラガンの王子、サーシャ殿」

花嫁⁉ 本気でそう思っているのか、この男？ 彫像のように整った顔からはその本音は分からない。サーシャは気が遠くなりそうだった。本気で自分を花嫁として迎える気なのか。地の精の国から来た、ただの人質ではないのか？ 母である女王の別れの言葉が頭をぐるぐるめぐる。

「そなたがこの婚姻をどれだけ大切に扱うか、それがこの国の命運を決めるのだ」

あのときも何のことか分からなかった。でも今はもっと分からない。自分の前に跪くこの男と結婚することで、どんな未来が切り開けるというのか？

でもこの男は自分のことを、犬の子をもらうように思っているのではないか？ やはり腹の底で何かがふつふつと煮えくりかえっている。

目の前の男は悠然と微笑む。

「この求婚を受けていただけるのでしょうか？」

言葉が遠雷のようにどこか遠く耳に届く。サーシャはどう言葉を返していいか分からず、茫然と立ちすくんだ。

第一章

地の精たちの国、ラガン。竜人の国や獣人の国に挟まれた小さな国は、王都ですらこぢんまりとしている。大陸の北に位置するラガンの王都は急峻な山脈の懐に抱かれ、その中心に大きな樅の森に囲まれた石造りの城があった。

ようやく春めいた日差しの下、城の庭でふたりの男が対峙している。銅色の髪に大きな深緑の瞳が鮮やかな少年は、薔薇色をした頬のあたりにあどけなさが残る。向かいあう長い金の髪、女性かと見まがうほど優美な顔立ちの青年は、美しい顔を歪めている。

「お前なんかに、僕の気持ちが分かってたまるか！」

背中まで届く長い金髪を振り乱し、「黄金の君」ユールは今にも泣き出しそうだ。兄である第二王子のユールは、いつも美しく取り澄ました顔をしているのに。サーシャは黙って見つめる。結婚おめでとうと言っただけなのに、キレられてしまった。何が悪かったのか。自分が無神経だったか。

怒りに我を忘れて叫んでいても、ユールは美しい。それに比べて「銅山の子」と呼ばれる自分は……。

十八になっても目ばかり大きく小柄なサーシャは、王宮内で子ども扱いされている。短い銅の色の髪、外を走り回り毎日のように日の光を浴びているので、うっすらそばかすの浮いた頬、深い緑の瞳は銅山で産出する孔雀石と同じ色で美しいと父は褒めてくれたが、この王宮ではそれに目を留める者はいない。王宮で尊ばれるのは金、銀、きらきら輝く宝石の精だ。目の前のユールのような。

——いつも花嫁みたいに着飾っているんだから、そのまま輿入れすればいいだけじゃないか。

十七歳のときに初めて会った、父親の違う美貌の兄は金の精の属性を持ち、見たこともないほど驕慢だった。同じ地の精の女王を母としても、金という生まれの違いを自分の存在価値のすべてにしている。

「この僕に竜人に嫁ぐようにだなんて。母上は僕を見捨てるつもりなのか。僕はこの国にいる価値がないのか!?」

第二王子であるユールが、ラガンが同盟を結ぼうとしている竜人の国の王のもとに嫁ぐことになった。結婚というからには、めでたいこととしか、サーシャには思えない。二国の絆を確かにするために、婚姻という手段を使うことも、さまざまな国で行われている。

サーシャが不思議に思ったのは、竜人の王もユールもどちらも男なのに結婚することだが、同性同士の結婚は、竜人や獣人の国ではよくあることだという。

「何か言いたそうな顔をしてるくせに、なに黙ってんだ。なんとか言ったらどう?」

腹立たしげに唇を歪める兄に、サーシャは小さい声で言った。

「母上が決めたことだし、おめでたいことでは?」

「なにがめでたいのか! ひとごとだと思って浮かれて、お前に僕の心の何が分かるものか!」

「竜人の国から望まれて嫁ぐんでしょ?」

「竜に望まれるなんてぞっとする。鱗が残っている肌、冷たい竜の目、ああ、いやだ」

ユールは両腕で自分を抱く。

「母上がお決めになったことだし」

「ひどいよ。どうして僕じゃなきゃだめなんだ？」

それは母である女王に言ってくれ、とサーシャはうんざりする。

「政略結婚なんて、体のいい人質だ」

「そんなこと、ないでしょ」

確かに政略結婚ではあるが、竜人王の王宮には入ったら二度と出られない後宮があるとは聞いていない。幽閉されるわけではない。

ラガンとデリンゲルは対等な立場で同盟を結ぶのだ。その絆を固くするための結婚であるはず。そう言うと、ユールはきつい目で睨みつけた。

「じゃあ、お前がデリンゲルに嫁いだらいい」

「『黄金の君』が望まれてるのに、オレなんか行ったら追い返されるよ」

竜人は金銀宝石など、貴重で美しい地の精を求めているはずだ。しかしユールは竜人が嫌いらしい。

サーシャの国ラガンにも、ごく少数だが竜人や獣人がいる。主に傭兵だ。サーシャも城内で見上げるほど背の高い竜人兵を見た。竜ではなく人間の姿を取っていたが、襟足から背中へ一筋並ぶ鱗が見えた。手の甲にも鱗がある。ユールはあの鱗が嫌なのか？

「せめて獣人だったらいいのに。……フェラスみたいな」

ユールは王宮騎士団にいる獣人の騎士の名を上げた。地の精以外の兵士は傭兵として別部隊を結成しているが、フェラスは剣術の指南のために王宮騎士団に入っていた。ラガンの地の精たちの小柄な騎士団の中で、彼ひとり筋骨隆々として背が高く、狼の耳と尾を風になびかせ、異彩を放っていた。

「うん、フェラスはかっこいいね。ユールはフェラスみたいな人なら結婚していいの？」

「お前には関係ないだろ」

ユールは急に顔を真っ赤にすると、くるりと背を向ける。サーシャの脳裏に、狼の耳を持つ凛々しいフェラスの姿が浮かぶ。もしかしてユールはフェラスのことが好きなのか？　一瞬浮かんだ考えを、サーシャは追い払った。まさかこの黄金であることを鼻にかけた傲慢なユールが、一介の獣人騎士に恋してるとも思えない。

それに本当に結婚を拒絶したいなら、自分になど言わず、母である女王に言えばいいのだ。この結婚は、個人の気持ちだけでどうなるものではない。二国の間で同盟のための粘り強い交渉が行われてのことなのだ。

この婚礼は、サーシャに素晴らしいことをもたらす。母である女王から、ユールの護衛として旅をする騎士になることを許されたのだ。結婚をいやがるユールには悪いが、サーシャの心はわくわくと希望に膨らんでいた。

＊＊＊

地、風、水、火、世界を構成する四つの元素の精のうち、大地から生まれる地の精だけがひとつの国をつくっていた。その国の名はラガン。地の精のうち、希少な金や銀などの鉱物の精、宝石の精は尊い生まれとして貴族の扱いを受け、最も数が多い土の精は平民として暮らしている。

ラガンは代々女王が治める国だった。女王は領地を巡っては、そこで出会った古き地霊や土の精と契り、子どもをもうけた。次期女王となる地霊の子、国の守りとなる鋼の精、輝かしい黄金の精、そして銅の精であるサーシャも生まれた。

なぜ自分は女王の子なのに、銅の精に生まれてしまったのか。

銅色に輝く髪、銅山に産出する孔雀石と同じ色の瞳のサーシャは、考えるだけ無駄と分かっていてもつい不満を持つ。

女王の三番目の息子、すなわちこの国の第三王子であるはずなのに、姉兄たちに比べると王宮の者たちからも敬意を払われず軽々しく扱われる。

父が貧しい辺境の鉱山にいた土の精だからだ。そして自分は金銀宝石に比べて地味な銅の精に生まれた。それは動かすことのできない事実だった。父は欲のない心優しい人で、辺境の地を訪問した女王と一夜をともにし、その結果サーシャが生まれたことを、この上ない僥倖として喜んでいた。

「女王様と出会い、お前が生まれてから、銅の鉱脈も見つかったのだ。お前は宝の子だよ」

地の女王が土の精と結ばれ、子が生まれると「宝の子」と呼ばれる。地の女王の子は、その地に恵みをもたらすという。生まれた子はたいてい父である土の精が育てる習わしだった。しかし女王がなぜサーシャの父を選んだのかは誰にも分からない。

サーシャの父は内気な優しい土の精で、女王との縁ができても、以前と少しも変わらなかったという。変化といえば、貧しかった銅山が、「宝の子」サーシャが生まれてから銅の大きな鉱脈が次々に見つかって産出量が倍ほどに増え、銅山にいた精たちが一気に貧しさから脱却したことくらいだ。

宝の子サーシャは銅山の土の精たちと一緒に坑道に入り、無邪気に一点を指さす。するとそこから大きな銅の鉱脈が見つかるのだ。父は自分に授かった宝の子が、銅の精であることをいつも喜んでいた。銅山の人々もサーシャを可愛がってくれた。

「お前は私たちの宝の子だ」

父は優しく目を細めてサーシャの頭を撫でた。ひとりでサーシャを育て、母としての役目も背負っているせいか、父はいつも優しかった。

サーシャが十七歳になったとき、突然王宮から迎えがやってきた。その頃にはサーシャは自分に「宝の子」としての能力がなくなっていることに気が付いていた。成年に近づくと、指さすべき鉱脈のありかが分からなくなるのだ。

「宝の子としての役割を終えたのだ。その後、どう生きるかを女王様はお前に選択するように言っておられる」

父は女王からの手紙を読み、寂しげな笑みを浮かべた。女王の子、王族として王宮で暮らすか、このまま銅山で暮らすか。

――宝の子としてみんなの役に立てないなら、オレは銅山じゃない世界を見たい。

「お前は銅の精だから……王宮でどんな扱いを受けるのか」

心配そうな父の言葉の中身を、サーシャはよく分かっていなかった。父に手を振って、サーシャは勇んで新しい世界を見るためにラガンの中心にある王宮に赴いた。

＊＊＊

十七歳までラガンの辺境の銅山が世界のすべてで、小さな銅山の村の茅葺き屋根の建物しか知らなかったサーシャは、ラガンの王宮に目を見張った。急峻な山脈の懐にある巨大な白い石造りの壮麗な建物で、石を敷き詰めた広大な庭やきらきらと水を噴き上げる見事な石細工の噴水がある。

サーシャは生まれて初めて震えるほど緊張しながら、王宮に入っていった。深紅の絨毯の道の果てに玉座がある。その両脇に、見たことのないほどたくさんの人が並んでいる。サーシャの見知った黒や茶色の髪に同じ色の目をした土の精だけではない。不思議な色をした希少な鉱物の精たちが居並ぶ。

見上げるほどの玉座も白い石造りで、そこに大地がもたらしたさまざまな金属、宝石に彩られた冠をかぶる威厳に満ちた女王がいる。拝謁したサーシャは足が震えた。

「そなたがアイランの息子サーシャか。銅の精の生まれであったな」

厳かなオーラを放つ女王は、自分を生んだ母とは思えない。ここにいるさまざまな地の精の中でも、女王が唯一無二の特別な存在だというのが、地の精の本能で伝わってくる。

「この王宮で自分の道を考えるがよい」

はい、と答えることしかできなかった。母上と呼ぶこともできなかった。

親子としての対面を果たしてから時間が経っても、いまだにサーシャは女王の前に立つと緊張する。地の精たちを統べる女王は、慈悲と峻厳さを同時に感じさせる、身の引き締まる存在だった。

女王には古き地霊の一族出身の王配と呼ばれる配偶者がいて、その間に王家の後継となる第一王女が生まれている。王配は口数の少ない貴族らしい優雅な男性だった。ラガンは女系で、女王の跡は一番上の王女が継ぐことになっている。

姉である第一王女は、まだ若いのに女王と同じような威厳を漂わせて、サーシャは親しく口を利くことができないでいる。

その次に生まれた第一王子と第二王子はサーシャと同じく、女王と地の精との間に生まれた子どもだった。第一王子は女王に仕える将軍との間に生まれ、鋼の精の性質を持ち、強靭な体格に恵まれ武芸に優れていた。

彼は父の跡を継ぎ、女王と王女に仕える将軍となることを目されている。サーシャが声をかければ闊達に言葉を返してくれる気のいい人ではあったが、父の将軍とともにラガンの護りに駆け回っていて、あまり顔を合わせる機会がない。

第二王子ユールはサーシャと同じような辺境の鉱山で生まれたが、彼は金の精の性質を持つ。サーシャは初めて会ったとき、その黄金の髪と同じ色に輝く瞳の美しさに目を奪われた。しかしサーシャをちらりと見たユールがフンと鼻を鳴らして笑ったことで、ひやりと冷たいものが背筋を走った。辛辣な言葉をかけられ、好きになれないと思った。

「銅の生まれなんて、ほんとに僕の弟なの？」

「……女王様が自分の子として認めてくださってます」

王子と言っても、女王に対しては敬語を使ってしまう。サーシャは自分の卑屈さに腹が立つ。ユールはそんな銅属性の田舎者の自分を露骨に見下す。

「母上に認められたからって、ここにいる必要はないのに。銅山にいた方が幸せじゃなかったの？　この王宮で何をするつもり？」

「オレは王宮で騎士になりたいんです」

ハンとユールはまた鼻で笑う。嫌な感じの笑いに、サーシャは心の中でいら立ちを必死に抑える。

「馬鹿じゃないの。王子のくせに騎士？　騎士は王侯貴族に使われるものなんだぞ」

そのくらい知ってる。それにあんたはオレを王子として、家族として扱ってくれないじゃないか。サーシャは喉まで出かかった言葉を呑み込む。しかし感情が大きな深緑の瞳に溢れる。

「なんだ、その目。銅のくせに生意気」

カッとなって思わず拳を振り上げると、従者のレンに止められた。

「サーシャ様、王宮で暴れてはなりません！」

レンは女王がサーシャにつけてくれた従者だった。

「そなたと気が合いそうだから、何でも聞きなさい」と女王は言っていた。

レンは飄々として気ままな感じがするが、すばしこくて頼りになる男だった。女王が地方を視察していたときに、一行の馬車にひかれた子どもだったという。女王には深い忠誠を誓っているが、それ以外は王族でも頓着せず、サーシャにも遠慮がない。サーシャより二歳年上で、王宮についてのことも、裏話を含めて教えてくれる。

「手を上げてはなりません。特に顔を打ってはだめ。『黄金の君』は顔が命ですからね。姫君のように扱っといてください」

レンはサーシャを羽交い締めにしながら、耳元でささやいた。

「そうなの？」

「近いうちに政略結婚されるはずです。竜人の国だったか……」

ひそひそ話していると、ユールが目を吊り上げる。

「何話してるんだ？　僕を馬鹿にしてるのか」

「申し訳ありません。うちのサーシャ様は短気なんです」

雑な言い訳をしながら、レンは頭を深々と下げる。そしてちらりとこちらを見る。サーシャも慌てて謝った。

ユールの結婚について話を聞いたのは、その数日後のことだった。レンの言ったとおり、相手は竜人の国デリンゲルの王だという。

ラガン国境に獣人国エギクスからの侵入があり、それを食い止めるためにラガンとデリンゲルは同盟を結ぶらしいという噂だけは聞いたことがある。しかしサーシャは政治に関することは苦手で、話を聞いてもほとんど覚えていない。

デリンゲルとの同盟について覚えていたのは、竜人に興味があったからだ。

「レンの言ったとおり、竜人の国だったね」

「私の情報網は確かなんです」

土の精らしい茶色の髪をしたレンは快活に笑い、胸を張った。

「竜人の国の王は男なんでしょ？　なぜ男のユールと結婚するのかな」

「聞いた話ですが、竜人の国では男同士の結婚もよくあるそうです。女王の御子のうち、女性である王女様は跡継ぎでいらっしゃるし、美しいと評判の『黄金の君』の噂を聞いた竜人の王が強く所望されたのだとか」

いったい誰から聞いてくるのか分からないが、レンは情報通だった。気さくで誰の懐にでも飛び込んでいけるような性格だからだろうか。忠誠を誓った女王の様子を知るために、毎日のように女王に仕える使用人たちの部屋へ顔を出していると聞いたことがある。

サーシャは竜人の王との結婚はうらやましいとは思わないが、竜人の国には行ってみたい。ラガンにいる竜人の騎士や兵士が、竜の姿になって飛ぶところをまだ見たことがない。見たことがあるのはデリンゲルから贈られたという壁の絵だけだった。銀色の竜が鱗を輝かせながら、海の上を飛んでいる絵だ。

「ユールがうらやましい。オレも行ってみたいな、竜人の国。結婚したら、背中に乗せて飛んでもらえるのかな」

「サーシャ様ほど楽天的に考えられたら、ユール様もお幸せなんですけどね。ユール様はデリンゲルへの輿入れの話を聞いて、部屋に閉じこもっているそうですよ」

そんなユールの様子を聞いても、サーシャは同情する気になれなかった。政略結婚も黄金の王子の気持ちも、自分には関わりがなさすぎる。

「オレが見舞いに行ったら、もっと気分が悪くなるだろうか」

「やめたほうがいいでしょうね。それよりいいことを思いつきました」

レンはぐっと身を乗り出す。

「サーシャ様がデリンゲルに行く方法です。輿入れのためにデリンゲルにお供する騎士を募集してますよ」

「オレが騎士に……なってもいいのかな?」

「ただしデリンゲルにずっといて、ユール様をお護りする騎士ですよ。輿入れに付き添うだけでなく、その後もずっとラガンに戻らないというお役目です。それをやりたい人間がいないと、大臣が嘆いているそうです」

女王に向かって自分の望みを口にするまで、サーシャは時間がかかった。必死になって騎士になりたいという自分の心を伝えたとき、女王はいつもと変わらぬ威厳を湛えた笑みを浮かべ、「そなたの望むとおりにしなさい」と言っただけだった。サーシャががっくりするほど簡単に、望みは叶えられたのだった。

跡継ぎの姉王女や国の護りを担う第一王子と違って、サーシャは王家の中枢に関わることはない。騎士になることに王宮内から反対も出なかった。

女王は了承するだけだったが、周りがあっという間にサーシャの望みを受け取って、無事に王宮騎士団の騎士たちに稽古をつけてもらえるようになった。

――本当にオレの母上なのかと思うけど、あの御方のおかげでオレの望みは何でも叶っている。

王宮騎士団と稽古するというだけでなく、サーシャが憧れる獣人騎士のフェラス直々の指導を受けることができたのだ。

フェラスは獣人の国エギクスからラガンにやってきた騎士だった。エギクスとは今は敵対関係ではあるが、ラガンにはエギクスからの獣人の傭兵もいた。狼獣人のフェラスは地の精たちより頭ふたつ分は大きく、広い肩幅にみっしりと筋肉のついた強靱な体軀で華麗に剣を振るう。

天になった。

そのフェラスに、サーシャへのお世辞もあるだろうが、「剣の筋がいい」と褒められ、有頂天になった。

フェラスはたくましい体に不釣り合いなほど、涼し気で端整な顔をしている。その美しい顔立ちのフェラスに、武芸に関心のなさそうなユールが話しかけているところを何度か見た。もしフェラスのことが好きなら、ユールはデリンゲルに嫁ぐのは嫌だろうけれど……サーシャは彼の気持ちを考えることを止めた。サーシャが同情しても、余計なこととユールに怒られるだけだろう。

＊＊＊

騎士としての叙任式のために、真新しい鋼の剣も鍛造された。初めて立派な剣が自分のものになる。サーシャにとって心躍ることばかりだった。

黄金の花嫁のユールに合わせて、華麗な金をあしらった装束が、騎士たちに用意されている。サーシャも体ぴったりに作るために何度も仮縫いをしてもらい、わくわくと胸を高鳴らせた。

従者のレンまで金の飾りのついた仕着せを見て、目を輝かせている。

「オレやレンの服でこんなに上等なら、ユールの衣装はどんなに豪華なんだろ」

「金糸の縫い取りで竜を描いた上着だけで、五人の職人がかかりきりだそうですよ」

へええ、とサーシャは溜息をつく。竜人の国に嫁ぐため、国の威信をかけた支度が必要なのだろう。

政略結婚なのだ。持参金として馬車一台分の黄金、そのほか女王の統べる各鉱山から産出した宝石も大きな箱で用意されているという。

その中に銅はない。孔雀石もない。

それを思うと胸がちくりと痛む。自分は竜人たちが愛し尊ぶ大地の宝には入っていないのだ。竜人の国でも、銅の精の自分は見下されるのだろうか？　いまさら金になれるわけでもない、しかし銅の精である自分を誇ることもできない。

――オレはただの騎士だからいいんだ。

竜人の国に行ったら、ユールの弟であることは隠し、騎士として生きていくんだ。サーシャはそう考えていた。容姿も似ていない黄金のユールと自分を、兄弟と気づく人もいないだろう。

明日は女王から騎士としての叙任を受ける日。サーシャは夜、ベッドに入ってもなかなか寝付けずにいた。

――やっと騎士になれる。そして生まれて初めて国を出る。デリンゲルへ。竜人の国へ。

頭の中に巨大な翼を広げた竜が飛び交う。

眠れないサーシャは何度も起きて、ランプを灯しては机に置いた新しい剣を眺め、吊るしてある騎士の衣装を見た。そのたびに嬉しくてにんまりしてしまう。三度目に起きて眺めた後、ベッドに入ろうとしたときだった。ドアを慌ただしく叩く音がする。

「サーシャ様、今すぐ女王様がお呼びです！」

従者レンの声だった。サーシャはすぐに飛び出した。

「母上がいったい何の用だろ？」

「分かりません、至急とのこと」

レンも戸惑った様子だった。サーシャは慌ただしく着替えて、女王の謁見の間に行くと、夜中だというのにすでに主立った大臣たちが集まり、玉座にふだんより少し顔色が悪く、厳しい表情に見える母がいた。サーシャが入るとみなが一斉に視線を浴びせた。今までこんなに注目されたことがなく、サーシャは困惑した。

「サーシャ、そなたに頼み……いや命じる」

母は母である前に女王だった。重々しい口調には有無を言わせぬ力があった。

「そなたにデリンゲルへ嫁いでもらう」

は？　という形にサーシャは口を開いたが、とっさに言葉がでない。ユールはどうしたのだ？　石のように固まるサーシャに、女王はそのまま続ける。

「第二王子ユールは国を捨てるという手紙を残して出奔した。そなたはユールの代わりに、デリンゲル王ウィルデン殿の花嫁となるのだ」

ユールが国を捨てる⁉　自分がユールの代わりになにを？　サーシャは孔雀石の色の瞳を見開いた。やっと事態が呑み込めてきたが、納得するのとは違う。自分がデリンゲル王の花嫁⁉

「お、オレは騎士になってデリンゲルへ行くはず――」

「そなたの望みを叶えることはできない」

女王の声は無慈悲なまでに厳しく響いた。周りの大臣たちも容赦ない眼差しでこちらを見つめている。

「王家に生まれた義務を果たすのだ、サーシャ」

「で、でもユール兄上は？」

「ユールのことは捜している。しかし自分のことは死んだと思ってくれという手紙が残されていた。それに国を捨てるということは王家を捨てるということ。ユールはもうこの国の王子ではない。己で決めたことなのだ」

いつユールの姿は消えたのだろう？　今日の昼頃には、獣人騎士のフェラスと城の中庭を歩いているところを見かけた。それから王宮を出てしまったのだろうか？

「あ、兄上はひとりで出ていったんですか？」

「いや、騎士フェラスと一緒に出奔したようだ」

どきりとした。フェラスに連れ出されたのか？

「騙されて誘拐されたとか？」

「そうかもしれぬ。フェラスに誘惑された可能性もある」

じゃあ、捜し出し連れて帰ってから――と身を乗り出したサーシャに、女王は容赦ない言葉を返す。

「デリンゲルとの同盟を結ぶ日取りに向け、急ぎ旅立つのだ。ユールの代わりに」

「でもでも、デリンゲルの王は黄金の精のユールを望んでいたんでしょう？」

「デリンゲル王とて、何を優先すべきか分かっておられるだろう。そなたにまだ詳しくは話していなかったが、深刻な危機が迫っている。この国と境を接する獣人の国エギクスが分裂し、西エギクスが国境にある金山や銀山を狙っている。土の精は獣人に攻め込まれればひとたまりもない。それに西エギクスはただの獣人の国ではないのだ。妖魔と手を組んでいる」

「妖魔って？」

「闇の子たちだ。生き物に取り憑き、その精神を支配し、己の棲み処を拡大しようとしている。妖魔が取り憑くとその者の肉体や精神の力が数倍になるが、次第に魂を妖魔に支配されてしまう。魂を妖魔に喰らいつくされた者は妖魔のなすがままに暴虐を振るった挙句、死んでしまう。肉体が滅んだ後は、妖魔はその体を離れ、また別の取り憑く相手を探す」

サーシャは深緑の瞳を見張った。初めて聞く話、そして初めて見る、母である女王の深刻な表情だった。

「これまで妖魔は時折現れて、退魔の力を持つ者が封じていたのだが、西エギクスの王子は自らに妖魔を取り憑かせたのだという」

「自分に取り憑かせるの？　なんで？」

「その王子はエギクス王の甥だ。王に対抗しエギクス全体をわがものとするためであろう」

サーシャはわけが分からなくなってきた。妖魔なんて、銅山で聞かされるおとぎ話のような遠いものに思える。本当にその危機が迫っているのか。

「そなた、妖魔を見たことはないか？　妖魔が取り憑くと、体が黒い霧のようなものに覆われると聞くが」

どうして自分に訊くのだろう？　サーシャは「見たことがない」と首を横に振った。

「妖魔が取り憑いた獣人が、ラガンを攻撃してくるの？」

「その脅威に対抗するため、我が国との関係を早急に深めるべきであると、デリンゲルの宰相も言っておられた」

女王は少し視線を和らげた。

「デリンゲルの宰相は王の弟君で、なかなか優れた見識をお持ちの御方だ。デリンゲルに嫁いでから、いろいろ教えを乞うがよい」

妖魔については分かった。しかしそのためにデリンゲルに嫁がないといけないのか？　混乱するサーシャには何の慰めにもならない。今まで、ユールの運命と思っていたことが、自分に降りかかってくる。嫌がっていたユールの顔が急に鮮明に浮かんでくる。

「いやだ！」

「断ることは許さぬ」

「じゃ、じゃあオレも国を出奔するって言ったら⁉」

「そなたは王家に生まれた。このたびは騎士として誓いを立て、ユールとデリンゲル王家を護るという覚悟ではなかったのか？」

女王の言葉にしぶしぶうなずいた。

「そなたは騎士としてデリンゲルに赴くはずだったが、花嫁としてデリンゲルに行くのだ。そなたの戦場は宮廷となる」

サーシャは息を呑んだ。

「国と国を結ぶ婚姻というのはそういうものだ。そなたは騎士と同様の覚悟を持ち、この国とデリンゲルの双方を護る。そなたがこの婚姻をどれだけ大切に扱うか、それがこの国の命運を決めるのだ」

騎士たちを鼓舞するときと同じ、女王の威厳ある口調に、サーシャはうなずくしかなかった。

竜人の王から強く望まれて嫁ぐユールにも、こんなことを言ったのだろうか?

「でも、ユールじゃなくて、オレが行ったら帰れって言われるかも」

「これは国と国との約定である。デリンゲルはそこまで度量の小さい国ではあるまい」

——でも、オレが花嫁なんて、絶対、竜人のやつらが許さないよ。オレ、帰されるんじゃないか。それより殺されるんじゃないか……。

竜が好むのは金銀、ダイヤモンド、ルビー、エメラルドなどの宝石。銅や銅山から出る孔雀石なんて、喜ばないだろう。黄金の王子が来ると思ったら、銅だったと怒り狂って、硬い鱗の尻尾を鞭のように振り回すのじゃないか。サーシャの考えは最悪の事態ばかりをめぐる。

「嫁いだ先で何ごとが起こるか分からない。いかなる局面をも切り拓く、それが王家の者の務めだ。そして私はそなたを信じ、そなたの幸福を願っている」

女王は厳しいことをさらりと言い、やっと最後に微笑を浮かべた。このラガンの大地そのもののような厳かな笑顔だった。

ラガン国としての婚礼の支度はすでに調っていた。花嫁だけが差し替えになる。背の高いユールが着るはずだった銀地に金糸の竜の刺繍の上着を、職人たちがサーシャの体に合わせて仕立て直す。鏡の前の自分を見て、サーシャは目を背けた。完全に衣装負けしている。ユールの金髪を引き立て輝いていた上着は、銅色の髪とは哀しいくらい雰囲気が合わない。

しかし明日の出立を控え、最低限の補正しかできない。サーシャが衣装を着て、ヴェールをかぶると、周りにいた侍女や職人たちがとってつけたようにほめそやす。それにも腹が立つ。

逃げたい。デリンゲルに行きたくない。

でも騎士になりたい。騎士としてならデリンゲルに行ってもいい。

心の中でやりたいこと、やりたくないことが、てんでばらばらな方向を向いて、頭が煮えそうだ。今まで自分の身に降りかかるとは思っていなかったので、深く考えたこともなかったあれこれが、急に気にかかる。

「竜人の王は男の花嫁を喜んで受け入れるのかな？」

サーシャはレンにこっそり聞いてみた。

竜人の国では、男同士の結婚はよくあることなのか。サーシャが大きくなるまで住んでいた村では、男同士の夫婦の存在は聞いたことがない。男同士では子もできないのに。

「今回のような国同士の婚姻については、精神的な絆だけかもしれませんよ」

サーシャより年上のレンは、思いがけず小難しいことを言う。

「精神的な絆って？」

「ま、男と女の夫婦とは違う、心だけの結びつきといいますか。まあ、竜人の王様が実際に行為をするつもりなのかどうか、俺も知りません」

サーシャは頭を抱えた。精神的な絆と言われても、具体的に何のことか分からない。行為とは？　従者の言うことですら分からない自分が、結婚相手の竜人王とまともに話をして暮らしていけるのか？

「サーシャ様、そんなに悩まなくても。サーシャ様は当たって砕けろ、というのが一番です」

「オレ、そんな頭の悪そうなのはやだ」

「そのぞんざいな言葉遣いだって、急には変えられないじゃないですか。サーシャ様の魅力は素直で元気いっぱいなところです。それで行きましょう！」

レンは一生懸命励ましてくれるが、サーシャの心は晴れなかった。

サーシャは荷物の中に、小箱を忍ばせた。ラガンの王宮へ来る前の日、父からもらったものだ。銅山で採れた孔雀石の中から、まるで眼のように見える模様があるものを半分に切って、それぞれ綺麗に磨いてペンダントにしてあるものだった。「孔雀石は魔除けの力がある。ひとつはお前に。もうひとつは心を分かち合える人にあげなさい」と父は手渡してくれた。

そのペンダントのひとつは自分の首にかけてある。婚礼の相手の竜人の王が、心を分かち合える人なのか分からないが、大切な石を差し出そうと思う。これを喜んで受け取ってくれる人であったら、とそっと願った。

出立の日になった。サーシャの乗る馬車は鉄の格子窓をつけた、まるで動く牢獄のような頑丈な造りのものだった。思わず顔をしかめる。一緒に乗るレンが看守に見えてきた。

「オレの逃亡防止なのか？」

「それはサーシャ様の被害妄想です。王族の皆様の安全を図るためのものですよ」

窓から外を覗くと、周囲を騎馬の屈強な騎士たちが取り囲んでいる。厳重な警戒態勢は、やはりサーシャの逃亡に備えているとしか思えない。

サーシャは溜息をついた。自分の考えは、何もかも母である女王に見透かされているようだ。道中のどこかの森の中に逃げ込めれば、都会育ちの追っ手を撒くことができそうだと考えていたのに。

有無を言わせぬ婚礼。本来ならば、自分もこの馬車を守る騎士だったのに……。そう思うと、ユールの言葉が蘇ってくる。

〈ひとごとだと思って浮かれて、お前に僕の心の何が分かるものか！〉

ユールの金色の瞳が怒りに燃えていた。あのときの自分は何も分からなかった。しかし今はひとつだけ分かるようになった。

見知らぬ国へ嫁がされるという、この孤独感。

周囲がどれだけ賑わっても、サーシャの心は浮き立たない。あのとき、もっとユールの気持ちに寄り添ってやれば良かったと、いまさらのように思った。

——竜人の国へ行っても、これからの暮らしに楽しいことなんて起きるんだろうか？　鉱山で暮らしている方が幸せだったのだろうか？　馬車の窓から山脈を眺めながら、ちくりと胸が痛んだ。

ラガンとデリンゲルの国境は山が深い。街道から外れて野営をしなければならないところもあった。野営のときくらいは外に出て、思い切り駆け回りたかったが、それすら護衛兵に止められてしまった。

「いいじゃん、そこらを走るくらい」

サーシャはわざと子どもっぽい言い方をして許してもらおうと思ったが、石像のような護衛兵は冷たく硬い返事をした。

「サーシャ様、おわきまえください」

出歩く間もなく天幕に押し込められた。

「あー、つまんねえ、弓を持ってきてんだから、鳥を仕留めたい」

日々の愚痴に付き合ってくれるレンも、閉じ込められた旅の暮らしにさすがに鬱屈した表情だった。

「狩りなんて当分無理でしょう。無理どころか、デリンゲルに行っても許されるかどうか」

「えーっ？　狩りもできないのか」

森を駆け回ったり、得意の弓で狩りをしたり、サーシャの楽しみは外でのことばかりだった。

勉強は苦手で室内でじっとしているのも嫌いだ。

「竜人の王様がどんなお考えかにもよりますが、花嫁が弓で鳥を狩るのを許してくれるような方がいますかねえ」

「狩りくらい、やらせてくれよ！」

「それはデリンゲルに行ってから、伴侶になられる王様に申し上げてください」

伴侶と言われてもぴんとこない。森を駆け回って鳥を狩る自分を、喜んで受け入れてくれる夫。そんな男がいるのだろうか。

それも黄金の花嫁を迎えるつもりでいたのに、銅の精なのだ……。

サーシャの孔雀石の色の瞳が翳る。急に元気をなくしたサーシャを、レンが慌ててなだめる。

「竜人の王だって、地の精の国の王子を花嫁に迎えるなら、優しいところをお見せになるのではないでしょうか」

金や宝石の精だったらね。サーシャは心の中で呟く。

馬車に乗っての長距離移動はじっと座っているだけなので、サーシャにはひどく退屈だった。休憩のときも外へ出してもらえない。窓の外の牧場を眺めながら、サーシャは考えたくもない結婚について疑問が湧いた。相談する人は目の前の従者レンしかいない。

「男同士で結婚しても子どもはできないよな」

サーシャの唐突な質問を、レンはまず受け止めてくれる。

「そうでしょうねえ」

「それでも国のために結婚しなくちゃいけないんだ」

「どんなご結婚になるかは行ってからでいいでしょう。あまり考えすぎず過ごされては？」

「でもさ、オレ、本当にどう振る舞ったらいいか分からないんだ。そもそも結婚って何？」

根本的な質問をぶつけられて、レンは頭を抱えている。しかしサーシャだってずっと困っている問題なのだ。

「男と女が結婚して、子どもが生まれるのは知ってるけど、オレの場合はどうすればいい？」

「男と男の結婚ですか……」

眉間にしわを寄せていたレンは、ふいに外の牧場を指さした。

「サーシャ様、あの二頭の馬が見えますか？」

二頭の馬がいるが、様子がおかしい。一頭の後ろからもう一頭がのしかかろうとしていた。

「喧嘩してる……？」

「あれは馬のつがいの結婚です。馬の下半身をよくご覧ください」

サーシャはぎょっとして身を乗り出したが、見る見る頬が赤くなった。二頭が体を繋ぐところを見てしまった。まざまざと。

「あれは馬の雄と雌で、ああいうやり方でつがいます。生き物はたいてい同じようなやり方でつがいます」

「……お、男同士でも？」

「そうらしいです。自分は女性との経験しかありませんが」

レンのあけすけな物言いにめまいがした。レンはレンで、サーシャがあまりに性的なことに無知なので、困惑しているらしい。

「サーシャ様は、そのう、いわゆる閨のことを何もご存じないのでしょうか？　王家ではたしなみとして、教育係が教えたりするんじゃないんですかね」

「オレにはそんな教育係はいなかったよ」

どこかで男同士の結婚について訊いてきます、とレンは言ったが、ラガンから付いてきた大臣と侍従のうち、さすがにそんなことを訊ける相手がいなかったようだ。レンが結婚について教えてくれる前に、婚礼の一行はデリンゲルの国境に入ってしまった。

急峻な山脈を越え、サーシャたちは大きな街を見下ろす丘についた。目の前に平野が広がっている。北の山深いラガンと違って、広々と緑の畑が広がり、家がたくさん立ち並んでいる。遠くにはいくつもの塔がそびえたつ城が見え、周りを取り囲む建物も大きい。それだけでこの国の豊かさが伝わってくる。

「あれがデリンゲルの王都です」

馬車を降りたサーシャの上を、巨大な影がさっとよぎった。隣のレンが「おわっ」と悲鳴を上げた。サーシャは声をなんとか抑えたが、心臓がせわしなく音を立てる。

頭上をかすめたのは、大きな翼を持つ竜だ。思ったよりもずっと大きい。竜は王都目指して一直線に飛んだ。

「あんなに大きいんだ……」

サーシャが呟くと、案内の兵士が笑った。

「あれは普通の大きさです。国王陛下が竜の姿を取られたときは、比べものにならないです」

もっと巨大!? サーシャは心の中で悲鳴を上げる。レンに結婚について教えられて以来、見知らぬ男が自分に背後からのしかかってくる妄想に悩まされていたのだった。それがさらに大きい竜! 考えないようにするのが難しい。

見下ろす街並みの中心に、白い石造りの巨大な城がそびえ立つ。ここに比べると、地の精たちの都はほんの片隅くらいの規模に過ぎない。竜人の王が住まうところ、そして自分もこの先住むことになる場所。

しかし壮麗な宮殿を見ても、サーシャはだんだん気分がふさぎ込んできた。巨大な空飛ぶ竜の姿、そして街中に入って見た竜人たち。自分たち地の精とはあまりに違っていた。

これまでの道中でも竜人を見てきたが、竜人たちしかいない都市は初めてだった。彼らは男女を問わず自分より背が高い。体格もがっしりとしていて、首筋にさまざまな色の鱗の筋が走っている。

怖いと思いたくないが、今後親しくなれるのだろうかと不安がこみ上げる。

馬車は巨大な城壁をくぐり、城内に入った。馬車を降りたサーシャは、石造りの城を首が痛くなるほど見上げる。

城の中も恐ろしく広々としていて、天井も高い。はるか上の天窓から明るい光が降ってくる。

サーシャたちは出迎えの竜人たちに取り囲まれる。

「遠路はるばる、ようこそお越しくださいました。ラガンの王子様」

金の縁取りのついた立派なマントの竜人に慌てて視線を移す。もちろん見上げなければならない背の高さだ。

「は、初めまして。オレ、いや私がラガン国王子のサーシャです」

立派な風采なので、もしかして彼が王かと思ったサーシャだったが、目の前の竜人は恭しく身をかがめた。

「我が君がお待ちでございます」

その目にはどこか不審そうな色がある。

「貴方様が『黄金の君』でいらっしゃるのですか？」

サーシャは唇を噛む。後ろからラガンの大臣が急いで説明する。

「この方は第三王子サーシャ様でございます」

そんなことが訊きたいわけじゃない。竜人の目はそう言っている。サーシャは思い切って言った。

「き、金の精は兄です。オレは黄金じゃありません。銅の精です」

とたんに周りの人々の空気がさっと冷え冷えとしたものになる。サーシャの心臓はきゅっと縮み上がる。強がりたくても、こんな空気の中じゃ無理だ。

王のもとに向かううちに、空気はさらに重く冷たくなった。

想像はしていたけれど、耳をふさぎたくなるような言葉の渦が襲い掛かる。

「黄金じゃない花嫁だと」

「王に銅が釣り合うのか」

「ラガンは我が国を侮っているのか」

とうとう耐えられなくなって叫んだ。

「い、いらないんだったら、帰る！」

そして雷鳴が轟くような声が応じる。

「いらないなら、私がもらう」

サーシャは嵐の中に叩き込まれたように混乱していた。

結婚相手のはずの王から拒絶された。身代わりの花嫁の自分が、金よりずっと見劣りのする銅の精だから。

そんな扱いをされるなら帰ろうとすると、天から降ってきた雷竜の男がいきなり跪き、求婚してきた。

黒雲のような雷竜だった姿は、今は堂々とした美丈夫となっている。黒髪に黒ずくめの姿だ。竜人たちはサーシャより頭ひとつ分以上背が高いが、その竜人たちの中でも、彼の身長は抜きんでている。

黒髪がパチパチと紫の火花を帯び、うねりながら空に逆立っている。威圧感を放つ恐ろしく鋭い眼差しと整いすぎた容貌に、サーシャは恐怖を覚えた。

驚きで跳ね上がった心臓はなかなか治まらず、緊張で指先が冷たくなる。それでいて頬が熱く、真っ赤になっているようだった。この男は本気で求婚しているのだろうか。

「兄上、サーシャ殿下に私が求婚してもよろしいですな」

「珍しく興奮しておるな。そなた、本当にこの者を伴侶としたいのか？」

「ラガン女王陛下からのお志を受けないという話はありません」

王はフンと鼻を鳴らして笑う。

「お志？　お前の目的は花嫁の持参金の黄金ではないのか？」

ロウエンの目が鋭く光る。

「婚資の黄金は私のものではありません。ラガン女王陛下がこの国に下されたものでしょう」

「お前はそんなことを言いながら、ラガンの持参金を独り占めにするつもりではないか？」

「それは国のものであり、私には関係ありません」

ロウエンがサーシャの持参金の所有権を主張しないので、王は露骨に嬉しそうな顔になった。

しかし慌てて表情を引き締めた。

「私の望んだ金の精である王子と差し替えに、銅なのだぞ。ラガン女王に直接、私を愚弄しているのかと問いたいくらいだ」

「ラガンの女王陛下の親書を、最後までお読みになってください」

ロウエンは手紙を取り出した。

『ユールと同じ我が息子であるサーシャを、王の伴侶として差し上げたく存じます。銅の属性、孔雀石の眼を持つサーシャはきっと王の護りとなりましょう』。こうお書きになっているのを無視されるのですか」

「私の護りは優れた竜人の騎士たちがいる。我々は今回の同盟を機にラガンを護る立場でもあるのだぞ。それは黄金の王子を差し出せなかった女王が、体裁をつくろっているだけであろう」

「兄上がそんなお気持ちであれば、私ももう遠慮はいたしません。サーシャ王子、どうか私の護りになってください」

母の親書にある「王の護り」とは何のことだ？　騎士としての義務を果たせということか？それなら納得がいくのだが、花嫁とか伴侶とかはどうなるのだろう？

サーシャの頭の中は疑問符でいっぱいだったが、ロウエンは手を差し伸べる。サーシャは助けを求めるように左右を見回した。

王宮の大広間にサーシャが持ってきた持参品の数々が運び込まれている。黄金、宝石の輝きに、竜人たちは目がくらんだかのように見入っている。

見慣れた緑色がサーシャの目に入った。サーシャのために急遽、故郷の銅山から産出する孔雀石や銅の細工物が宝の山に加えられたのだ。しかし誰ひとりとして、孔雀石に目をやる者はいない。

孔雀石は緑の濃淡が縞模様になっている珍しい石ではあるが、不透明で宝石のようなきらきらした輝きはない。これを美しいと思って見る者はいないのか。サーシャはそっと緑の石に手を触れる。

〈お前は宝の子だよ〉

父の声が耳の奥で響く。鈍く光る銅の鉱脈、その近くで孔雀石は採れる。サーシャが指さすところから、銅も孔雀石も現れたのだ。

銅山では何よりも大切にされたサーシャだったが、地の精の女王の前では、もっときらびやかな金属や宝石の精たちの輝きに押されてしまっていた。

ここでは、国にいたときよりもさらに竜人たちから顧みられない存在になっている。この孔雀石と同じように。それが無性に悔しかった。

しかし、目の前の男は自分のことを望んでくる。それはそれで戸惑いしかなく、サーシャは立ちすくんでいた。

「私の花嫁となってくださるか」

どんな相手でも嫁ぐ覚悟でやってきたはずだ。母である女王から、「騎士と同様の覚悟を持ち、この国のために戦うことなのだ」と言われたのだから。

自分は騎士だ、と心に言い聞かせた。便宜的に花嫁と呼ばれているが、今からこの男と、ともに暮らすという戦いをするのだ。

鋭いほど輝く黒い瞳を睨み返した。いまだにさっきの雷電の名残が、逆立った幾筋かの髪の中で火花を飛ばしている。

「怖がらせてしまったのかな」

よく響く低い声は心地よかった。

「こ、怖くなんかない」

不安で声が裏返りそうになるのを必死で抑える。

「な、なるよ。花嫁でもなんでも」

やけくそのような口調になり、しまったと思ったが、男は怒るでもなく平然としていた。雷電を飛ばしてこないので、サーシャはほっとした。

「さて、花嫁殿。持参してくださった品々の中から、私に何か贈ってくれないだろうか」

サーシャは小首をかしげた。

「この国では婚約の証として、花婿は花嫁から贈られたものを身につけるのだ」

サーシャは山のようにうずたかく積まれた金を眺めた。金は冷たく美しく光っているが、手に取る気になれない。

全身黒ずくめの雷竜の男に似合うもの。

サーシャははっと思い出して、ポケットに入っていた緑の孔雀石を小箱から出して差し出す。

漆黒の瞳が珍しそうに、縞になっている緑の石を見つめた。

「これを私にくださるのか」

「オレの故郷の銅山で採れたものです」

背の高い彼に対して上目遣いになり、文句あるか、という顔になっている自覚はあった。しかし目をそらさずにいると、雷竜の男はふっと微笑した。

「孔雀石は君の属性の銅と同じところから、採取されるものだからな。とても美しい、ありがとう」

彼は受け取ってすぐに、孔雀石のペンダントを首にかけてくれた。

銅と孔雀石の関係を知っている。自分の属性に言及してくれる。サーシャの胸の奥が少し温かくなる。黒ずくめの厚い胸板に、瑞々しい緑の石はよく似合った。

「どうだろう」

「似合ってます」

この男が自分の伴侶になるという実感が湧かない。しかしきらきら光る金銀以外の石に目を向けてくれるなら、少しは話の分かる人のような気がする。

「君とお揃いだな」

サーシャの胸にも同じ孔雀石がある。それに気が付いてくれたのも嬉しい。

「あんな安っぽい、宝石でもない石を殿下に」

遠慮ない周囲の声は聞こえてくるが、サーシャは気にならなくなった。

「さて、ラガンから来た私の花嫁は疲れているはずです。そろそろ退出いたします」

雷竜の男に促され、サーシャは歩き出す。

「そなた、ラガンの銅の王子がえらく気に入ったようだな」

後ろから嫌みっぽい王の声が飛んでくる。ロウエンは振り返らずに答えた。

「ええ、ラガンの女王が我が国に託してくださった大事な御方です」

その横顔は彫像のように真面目だった。長い脚で大股に進み、サーシャは小走りで続く。花婿花嫁という感じではない。

「私は無意識に雷電を放つことがあるらしい。みな私を遠巻きにしている。君もそのように少し離れていた方がよいかもしれない」

歩きながら、何の感情も込めずに言われた。ぎくりとしながら、サーシャは急ぎ足で歩く。意図的に距離を取っているのではない。雷竜の男の歩幅が大きすぎるのだ。

ロウエンとともに乗ったのは、デリンゲルまでの旅で乗ってきたものよりも、ずっと立派な馬車だった。サーシャは隣に座る黒ずくめの男をちらりと見上げた。目が合って、ぱっとそらしてしまう。う、こんなの負けだ、そう思いながらも、緊張のあまり目を合わすことも、話しかけることもできないでいた。

「今から私の居城に案内する。王宮から少し離れた小さな城で、王宮ほど贅沢な暮らしはできないが、伴侶である君に不自由はさせない」

いきなりの求婚は、その場しのぎの言葉ではなかった。サーシャはこの雷竜の男と結婚することになるらしい。サーシャは俯きながら、今日から夫となるという男をまた横目で見る。まだ若いのに威圧感の塊のようだった。無礼な王に比べるとサーシャを丁寧に扱ってくれるのは嬉しい。しかし物言いが堅苦しい。聞いているだけでサーシャは息がつまりそうだった。ロウエンの肩に届くくらいの長めの黒髪が風になびく。初めて見たときは黒い蛇のように空に向かってうねっていたが、今はそんなふうに見えない。サーシャは目をこすった。

「髪の毛がうねってない」

つい思ったままを口にして、丁寧な言葉遣いでないことにはっとするが、彼は気にしないようだ。

「興奮したり怒ったりしたとき、雷竜である私は帯電して、髪がひとりでに逆立ったり、火花を散らしたりしてしまうのだ」

「雷竜になって飛ばないの？」

「ふだんは飛ばない。竜の姿になることはあまりない」

「でもさっきは飛んできた」

「兄上の花嫁が黄金の王子ではなく、君だという知らせが、ラガン女王から私の城にも届いたのだ。兄上が君やラガン国に、礼を失するような態度をするのが心配になり、急ぎ飛んだのだ。すると君が帰ると叫んでいた」

そういえば母である女王が、デリンゲルで信頼できるのが王弟と言っていた。きっとこの人だ。母からどこで知り合い、信頼するようになったのかは訊いていない。母とはどこで……と訊く前に、ロウエンは馬車の窓から指さした。

「あれが君が住むことになる私の城だ」

ロウエンの居城は王宮から少し離れた、林に囲まれた静かな場所にあった。王宮ほどの華やかさはないが、こぢんまりした石造りで、美しい尖塔を持つ城だ。城の内部も王宮に比べて、格式を保ちつつも派手すぎない。王弟という立場にふさわしい、何かしら控えめにしている雰囲気だった。

驚いているがそれを必死に顔に出さないようにしているからか、ひどくぎこちない様子の老家令が先頭に立って、ロウエンとサーシャを出迎えた。さすがに王宮のように露骨な言葉を浴びせられることはない。しかし人々の戸惑いの視線が痛い。

侍従や侍女、数多くの仕える者たちが、家令の後ろにずらりと並んでいる。みな竜人なので、サーシャよりずっと背が高い。サーシャはその迫力に圧倒された。

身長という物理的な問題とともに、自分という人間の迫力のなさに愕然とする。ラガンの王子と言っても、小さな銅の精である自分を、大きな竜人たちはどう扱うのだろうか。

「兄上とラガン国王子の結婚の話であったが、私が伴侶としてサーシャ王子を迎えることになった。よろしく頼む」

辺りを睥睨する雷竜の鋭い眼差しに、文句を言う者はいない。突然やってきた花嫁と呼ばれる少年は、そのまま受け入れられるらしい。

ラガンからサーシャについてきて、このままデリンゲルに残るのは従者のレンだけだった。デリンゲルまで付き添っていたラガンの大臣や家来たちが、サーシャがロウエンの居城に入るところまで見送って、ラガンへ去ってしまった。これからは竜人たちの間で、レンとふたりきりになる。サーシャは不安で胃がきりきりと痛みそうだった。

老家令に案内された部屋はひどく広かった。どの家具も手の込んだ木彫が施され、上質のものだと一目で分かる。竜人のための家具はどれもサーシャには大きい。椅子に座ると己の脚の短さに愕然とする。本棚の上の方には手が届くはずもなく、見ているだけでいらいらする。

寝室にはラガンのサーシャの部屋くらいの広さのベッドがある。サーシャは反動をつけて飛び乗って、しばらく弾んでみる。極上のふかふかした感触が楽しいかと思ったが、心はちっとも晴れなかった。

ドアを叩く音がして、ロウエンが入ってきた。慌ててベッドに起き直る。

「部屋は気に入ってくれたか。嫌なら替えるので言ってくれ」

自分の城にいるのに、正装からマントを外しただけの堅苦しい恰好だった。さっさと重い金糸の刺繍の上着や金の留め金のついた革のブーツを脱ぎ捨てていたサーシャとは大違いだ。くつろぎすぎの姿のまま、ロウエンに向き合うのは少し恥ずかしかった。

彫りの深い冷たいまでに整った顔立ちに鋭い眼差し、竜人らしい堂々たる体軀。今は逆立たないで落ち着いている艶やかな黒い髪。王弟らしい気品と自信ある態度は、あまりに自分と違う。サーシャは恥ずかしさを隠そうとして、つい尖った声になる。

「部屋はいいけど、あんた、本気でオレのことを嫁にするのかよ。オレ、黄金の王子じゃないぞ」

あんた呼ばわりされたロウエンが軽く目を見開く。怒ったかも、ときゅっと心の奥に不安を噛みしめるが、サーシャは今、この男に言いたいことを言おうと思った。まずは一撃だ。

「君が黄金の王子じゃなくてもいい。私は君の国との同盟を結びたいのだよ」

「王様がオレをいやだって言うんだから、同盟なんてどうでもいいんじゃないのか――」

「ラガンの女王の志を、このデリンゲルが受け取らないわけにはいかない」

「あんたがデリンゲルを代表するのかよ」

ロウエンは苦笑した。

「私じゃだめか？　私は喜んで伴侶として君を迎えたいのに」

「同盟のため？　オレと結婚することが、同盟にとって重要なのか？」

「国と国との絆を、確かな形にしておきたい」

その表情はいかにも真面目で誠実そうに見える。しかしサーシャは何か割り切れない。そんな堅苦しい理由の結婚でいいのか？　しかもこの男が思う結婚とは？

結婚という言葉で、体と体を繋ぐ、レンが教えてくれた馬の交尾を思い出し、サーシャはびくりと体を震わせた。

「オレが思う結婚と、竜人の思う結婚って違うの？」

深緑の瞳を見開いて体を硬くしているサーシャに、ロウエンは近づく。

「君が考えている結婚が分からないが、私は君の意志を尊重する」

「オレ、見たんだ。ここに来る途中で馬がつがうところ。結婚ってああいうことをするんだろ」

とたんに彼の目が丸くなった。

「ずいぶん即物的な話だ」

「ほかにあるのか、結婚って」

「国と国との間を繋ぐ、象徴的な結婚というのもある」

「しょうちょう……てき？」

「一緒に暮らし、結婚という形をなぞる結びつきだ。私たちが仲良く暮らすことで、国同士の結びつきも保たれる。私はそれでも良いと思っている」

サーシャには象徴的の意味するところが、よく分からなかった。しかしそれでも良いというのか。この男の中では、結婚には何通りもやり方があって、あの馬たちと同じ形の結婚もありなのか。しかしサーシャには、男同士でつがうというのは、想像を絶する世界だった。

この男が本当に望む結婚とは？　知るかそんなこと。サーシャは自分のことでいっぱいいっぱいだった。

「オレも、その象徴的でいい」

「……決まりだな。では我々はともに暮らそう」

鋭かった男の目がふと優しくなった。

「君は私の大事な花嫁だ。何の苦労もさせないつもりだ」

「お、オレはそんなじゃなくていいのに！」

思わずサーシャは叫んだ。

「あんたに護られて、苦労のない暮らしなんて、オレは望んでないぞ！　それに母上の手紙にあっただろ、銅の精であるオレは、あんたの護りになるんだ」

雷竜の男は自分を興味深げに見つめている。その視線にある余裕が、サーシャには腹立たしい。自分だって男として張りたい意地があるのに。

「そう、君は私の護り。この国の絆を護る者」

「そういう象徴的？なことじゃなくって。オレは騎士になりたいんだ」

「騎士？　君が？　王子に生まれたのに、騎士になる？」

わけが分からないという口調に、サーシャはつっかかっていった。

「オレはもともと王子なんて柄じゃない。女王の子どもと言っても、父親は平民の土の精で、銅山で生まれた銅の精なんだから」

ラガンの国の女王と土の精との間の子、ラガンでもほかの女王の子よりも低く見られていた。そんなことをこの男は何も知らないだろうに、そう頭では分かっていても、サーシャは止められなかった。これまで抑えこんでいたものがほとばしるように、口を衝いて出る。

「銅の精はこう見えても強いんだぞ。武器を取らせてくれ」

「……花嫁なのに武器を取りたいというわけか」

「あんた、自分の身をちゃんと護れているのか？」

　サーシャの見るところ、雷竜の男はあまりに無防備すぎる。剣も身に帯びていない。供の騎士もいない。王弟ならそれらしく、しっかりと周りを護衛で固めるべきでは。

「オレがちゃんと武器を持って、あんたを護ってやるよ。騎士として」

「私の花嫁は勇ましいな……」

　呆れているのか感心しているのか、両方なのか。そんな呟きだった。

「そうだよ。花嫁兼騎士、もらうにもお得だろ」

「悪くない」

「だったら頼みがあるんだ」

　サーシャは勢いこんだ。

「オレにここで、騎士の鍛錬をさせてもらえない？　国を出る前、いろいろ勉強してたけど、まだまだ修業の途中なんだ」

　レンがいたら、きっとこの願いを口にする前に止められていただろう。しかし今はふたりっきりだ。サーシャは遠慮なく言った。

「今鍛錬しておけば、将来安心だぞ」

「どう安心なんだ？」

「いかなる敵が襲ってきた時も、オレがあんたを護るよ」

　雷竜の男の目が稲妻のようにきらめいた。

「それは頼もしい」

頼もしいと言われても、本気でそうは思ってないことが分かる。今のところサーシャは目の前の男の余裕を崩すところまできていない。気魄で勝てない。飲み込まれてしまう。サーシャの眉間のしわが深くなった。

「そんなに思い詰めなくてもいい。私との関係を勝ち負けで考えないでくれ」

まるで自分の心の中を読んだかのように言われ、サーシャは焦った。

「でもオレはあんたに負けたくない」

「君の負けん気の強さは素敵だ」

ロウエンのどこか余裕綽々たる態度は変わらない。鋭い眼差しの厳しい顔が魅力的な微笑にほころんだ。

「私は素晴らしい花嫁を得たということだ」

憎らしいほどの男の色気に圧倒され、たじろいだ。この男との暮らしは、いったいどうなるのだろう。

自分は国のために嫁ぐのだ。サーシャは自分に言い聞かせる。国と国との絆を確かにするために。地の精たちの国、ラガンを護るために。ここは自分の戦場なのだ。

「君の身の回りの世話をする者たちだ」

ロウエンに促され、男女数人の竜人たちが並んで挨拶する。

可愛いエプロンドレスの侍女ですら、サーシャより背が高い。そんなささいなことに、軽く傷ついてしまう。もともと地の精たちの間でも背の高くないサーシャは、竜人たちの間にいると、小さな子どもになってしまったようで悔しい。

「オレは子どもや愛玩動物じゃないぞ。そんなに気を遣わなくていい。質素な生活には慣れているし、騎士としての鍛錬にもなる」

サーシャは眉間にしわを寄せたままだった。

「愛玩動物の扱いをしているつもりはない。君を尊重しているのだが？」

「可愛がる相手じゃなくて、部下の騎士として扱ってほしいんだ。何かを可愛がりたいなら、小鳥や猫でも飼えばいい」

「可愛がるではなく、必要な生活の世話をしたいだけだ。——愛玩動物は雷電の衝撃に弱いから、飼っていない」

さらりと言われて、サーシャは言葉に詰まる。

「ら、雷電って、そんなにすごい威力……？」

「ふだんの生活で意図的に使うことはない。私が怒ったり興奮したりすると帯電してしまうから、それを感じ取る小動物はいる。それがかわいそうだから飼わないことにしている」

雷電だの、帯電だの、サーシャは経験したことがない。言葉だけ聞くと怖い感じがする。

「君の部屋は私の隣に用意してある」

「…………」

「それとも我々は一緒のベッドがいいか？」

ロウエンは真顔で言う。サーシャはびくりと体をすくませた。

「い、や、だ、一緒のところ、は」

「私が怖いか、サーシャ」

名前を呼ばれて、またびくりとなる。

「こ、怖くなんてない！　そんなら、一緒のベッドで寝る！」

「無理するな」

「無理じゃない！　オレはあんたと一緒だって、平気だ！」

「あんたじゃなくて、ちゃんと名前を呼んでほしいな、私の」

何か言われるたびにわたわたする自分に腹が立つし、それを見て面白そうな男にもむかつく。

そしてまだ目の前の男の名をさらりと呼べない自分に、さらに憤りを感じる。

「ろ、ロウエン、じゃ、一緒に休むか」

無理やり胸をそらしてみる。しかし彼が近寄ってくると、反射的に体が動いて、後ろに飛びすさってしまった。

――しまった。

ロウエンを怖いと思っていることがばればれだった。その刹那、雷竜の男の顔に哀しげな影が走る。

しかしそれは一瞬のことで、彼は再び笑みを浮かべる。

「それじゃ一緒に休むこともできないだろう。ベッドは別にしよう」

サーシャはロウエンに敗北感を覚えたまま、溜息をついてひとり広いベッドで休んだ。

翌朝、サーシャは遠慮がちに部屋の扉を叩く音で目覚めた。

「サーシャ様、お目覚めでしょうか」

飛び起きて扉を開けると、すらりと背の高い青い髪の竜人の娘が微笑んでいた。竜になるときは青竜なのだろう。愛らしい顔だがサーシャよりずっと大きい。昨日紹介された侍女だった。

「リラと申します。昨日、お目覚めのときは鐘を鳴らして呼んでくださるようにお伝えしてなかったですね。朝のお支度を調えましょう」

「オ、オレ、朝の支度なんて、自分でやるからいいです！」

今までそこまで世話をされたことのないサーシャは慌てふためいた。しかしリラはにっこりして、「お顔を洗うところも分からないでしょう？」と言い、湯の入った器や着替えを持って入ってきた。驚いた顔をしたレンが、リラの後ろからおずおずと顔を覗かせている。従者のくせになにやってんだよ、と言いたいが、昨日の今日でレンも勝手が分からないらしい。

ラガンの王宮にいたとき、レンはそこまで身の回りの面倒を見てはくれなかった。彼はリラの細やかな世話を、突っ立ったまま口を開けて見ている。サーシャはリラに言われるがままに顔を洗い、立つように言われた。リラが服を着せようとするので、恥ずかしさに顔を赤くした。
子どもじゃないんだから。

「そこまでしなくていいよ」

「サーシャ様、この服の飾り帯の結び方はご存じないでしょう？」

サーシャの戸惑いに気づかないかのように、リラは朗らかに言って、デリンゲル風の装いを整えてくれる。

「よくお似合いです」

「オレにぴったりのがあってよかった」

竜人よりずっと体格の小さいサーシャが溜息をつくと、リラがきまり悪そうに「子ども用なのですが」と言った。

とたんにむっとした顔をしそうになって、サーシャは必死に食い止めた。リラに悪気はない。むしろ自分の身長に合った服を準備してくれたことに礼を言わなければ。

「オレにぴったりだ。ありがとう」

「今日中に仕立て師を呼んで、サーシャ様の寸法にあった服を仕立てますので、それまでご容赦ください」

「ラガンの服じゃだめかな？」

「ラガンの装いも素敵ですが、ロウエン様とお似合いの服もよろしいかと思いまして」

リラの笑みには、王宮の竜人たちのような嫌なものは感じない。裏表のない親切な娘だった。この城では戸惑いはあるが、黄金になれない花嫁という侮蔑的な視線では見られていないように思う。どちらかというと可愛い生き物を見ているような目だ。やはり自分は愛玩動物のようなものなのか？

サーシャは深く息をついた。この城の人たちはロウエンに心を寄せていて、ロウエンが選んだという自分を好意的に迎えてくれるのだと思おう。

朝の挨拶に行くと、ロウエンが軽く目を見開いた。

「デリンゲルの衣装がよく似合っている」

「……リラが用意してくれた」

「大変可愛らしい」

褒めてくれているのだろうが、サーシャは眉間にしわを寄せた。言ってはいけないかとちらりと思うが、リラに対するような気遣いは無用と考えた。相手は伴侶。自分と対等の相手だ。

「子ども用だからか？」

「そうじゃない。似合っていると言いたいだけだ」

「愛玩動物じゃないぞ？」

「分かってる。君は私の花嫁だ」

花嫁という言葉も嫌いなんだが。それは呑み込んだ。

「象徴的な、だ」

「そうだな。国と国を繋ぐ象徴的な結婚だ」

ロウエンは苦笑する。今朝の彼には昨日ほどの威圧感は覚えない。くだけた笑みは端整な顔立ちに柔らかな魅力を与えている。くそう、オレよりずっと男前だ。サーシャはそんなことにもむかつきながら、朝食の席についた。

城の食堂はたったふたりで食べるというのに、テーブルがやけに広く、ロウエンとの間に距離がある。会話するには声を張る必要があるかもしれない。ロウエンの後ろには黒い雷竜が飛んでいる大きな絵が飾ってあった。

スープボウルが運ばれてきたが、部屋の片隅にある別のテーブルにいる男の前に置かれ、彼が一口食べ、老家令がじっと見つめている。最初サーシャは何をしているのか分からなかったが、その男が毒味役だと気が付いた。

毒味役に異常がないことを確認し、スープボウルからスープを取り分ける。サーシャの口に入ったときにはすっかり冷めている。しかもスパイスの効いた複雑な味付けで美味しいとは思えなかった。ロウエンは無言で食べている。デリンゲルでは食卓で話す習慣がないのかもしれない。

美味しくない。つまらない。思ったことを率直に言ってしまいたい。しかしサーシャは黙々とスプーンを動かした。象徴的な結婚を壊してはならないし、騎士たるもの、出された食事に文句などつけないものなのだ。

第二章

花嫁としてやってきたものの、ああいうことはしなくてよいはず……重なり合う馬の姿が脳裏をよぎるたびに、サーシャはわーっと叫んで走り出したくなる。

象徴としての花嫁はふだん何をすべきなのか。自分のやりたい騎士の鍛錬はどこでやったらいいのか？　ロウエンに訊きたかったが、宰相としての彼はあまりに忙しそうだった。彼は朝食が終わったとたんやってきた文官に連れられて、出て行ってしまう。そして帰りは遅く、夕食をともにすることはほとんどない。

その日はロウエンが珍しく朝食後、すぐに出て行かなかった。サーシャに向かって、「王にご挨拶に行こう」と誘った。

「ご機嫌伺いってやつ？」

「そうだ。君の顔が見てみたいと仰せだ」

サーシャの体に合わせて仕立てられたデリンゲル風の上着を着る。飾り帯の結び方もリラに習ってできるようになった。よくお似合いです、と微笑むときのリラは、心の中で可愛い～と言っているような気がするが、あまり考えないようにする。

ロウエンと並んで王の前に進むと、デリンゲル王は嫌な視線でサーシャを上から下までじろじろ見まわした。

この国の最高権力者でロウエンの兄、銀竜の王ウィルデンは見た目は非常に美しい男だが、サーシャは親しみを持てないでいた。レンに訊いてみると、「好色で凡庸……ですかね。享楽的な方です。政治的なことはロウエン殿下が実権を握っているそうですよ」と返答した。レンは情報を握るのが速く、遠慮ない言い方で報告してくる。

「花嫁は無事なようだな」

「おかげさまでつつがなく」

　ロウエンは真面目な口調で返す。

「ふむ、面白くない。花嫁に何の変化もないな」

「変化って何ですか？」

　サーシャの問いに、王は片方の眉を上げた。質問されるのに慣れていない感じだった。横に控える侍従がキッとサーシャを睨む。

「花婿花嫁の間にそれらしき睦みあいの雰囲気がない」

　睦みあい？　銅山の村の酒で酔った男みたいに、えらくあけすけに訊く人だな、とサーシャは心の中で呆れ、レンからの報告を思い出す。この人は好色だった。

「睦みあっておりません」

　サーシャは正直に答え、隣のロウエンが小さく笑う気配がした。

「睦みあっておらん？　ロウエン、そなた、花嫁に義務は果たしておらんのか」

「お互いの気持ちが通じ合うまでは待つ、と思っております」

　ん？　象徴的な結婚じゃないのか？　サーシャはロウエンに突っ込もうとしたが、続く王の

言葉にぎょっとした。

「せっかくそなたに譲ってやったのに。今こうして見れば、顔立ちも悪くないし、小鹿のように大きな緑の目が愛らしく、ほっそりとしなやかな体ではないか」

銅の精の自分を否定したはずの竜王の目に、言いようのない嫌な光が宿る。人のものなら欲しがるのか？　サーシャは身構える。銅山でも時折、こんな目で見て腰や尻を撫でてくる男がいた。そのたびにサーシャは殴りかかり、周りがサーシャは女王の息子であることを知らせ、退散させるのだったが。

すべてを自分のものにできる王が、こんなもの欲しそうな目をするのはなぜ？

サーシャには分からない。自分へ欲望を見せるとともに、ロウエンへの嫌がらせのようにも感じる。

王の視線から逃れるように退出し、サーシャはロウエンを美しく整えられた庭の片隅に引っ張っていった。

「なんで王様はあんな態度なんだ？　ロウエンは王様と仲が悪いの？」

「君は本当に率直に訊いてくるのだな」

ロウエンは精悍な顔を苦笑に歪めた。

「兄上は雷竜である私を挑発したいのだと思う」

「挑発してどうするの？」

「怒りを爆発させ、雷竜の本性を引きずり出したいのだろう」

「雷を落とすため？」

「そう、地上を破壊するほどの激しい雷を落とした古の雷竜、私にもその働きをお望みだ。戦いの道具として」

笑みを消し、眼窩の深いロウエンの眼差しは暗い翳りを帯びた。

「ロウエンは怒るか興奮するかしないと、雷電を落とさないんだろ？」

「それも自分で抑えることができる。自ら望んで雷電は落とさない。しかし兄上が私に望む雷竜の働きはそんなものではない」

日差しを受ける薔薇の花咲く庭に立つのに、サーシャは寒い風が吹き込んだようにぞくりと身を震わせた。

「雷竜の怒りを見せたことはあるの？」

「子どもの頃なら。その頃は力も大したことがなく被害は少なかった。今はそんな怒ることはないので、怖がらなくていい」

「オレは怖くないってば」

ロウエンにいちいち突っかかってしまうが、そんなことで怒る彼ではない。

「雷竜の本性を引きずり出す」とはどうやるのだろう。ロウエンを怒らせて、ものすごい雷電を放つようにさせるのだろうか？　しかし冷静沈着なロウエンが、あんな下品な王の挑発に乗るとも思えない。

王宮内を歩くふたりを目にする城の人々は、丁寧に頭を下げる。そして意味ありげな眼差しでこちらを見る。

「雷竜殿下の黄金じゃない花嫁」「いくら磨いても黄金になれない花嫁」。サーシャは自分がそう呼ばれ、城中の人から好奇の目で見られているのを知っている。わざわざ地の精の国ラガンから来たのに黄金じゃないから王の花嫁になれず、雷竜の王弟のもとに嫁ぐことになったと。

竜人たちは金銀、宝石などきらめく宝を尊ぶことこの上ない。デリンゲルとラガンの同盟も、ラガンが豊富な金銀を提供し、代わりにデリンゲルが武力でラガンを保護する形となるのだ。

そんな国で暮らす限り、ずっと「黄金になれない花嫁」と言われ続けるのか。そうだよ、銅は百年磨いても黄金にはならないよ、と心の中ですごむ。王宮の竜人たちの好奇の眼差しを浴びながら歩くサーシャの眉間には深いしわが寄る。

本来の顔立ちは愛らしいのに、そんな表情なので鬱屈した顔に見えてしまっていることに、サーシャは気が付いていなかった。そのせいで、ますます評判が悪くなることにも。

「差し替えの花婿と花嫁」と呼ばれているのも知っている。国同士の同盟を保つために、お互い急ごしらえの相手ということだ。こんな茶番劇のような展開を、デリンゲルの王宮中の人々が嘲笑している。

痛々しげに自分を見る竜人もいる。その視線は雷竜の花嫁になってかわいそうに……とでも言っているようなのだ。

笑うにしても憐れむにしても、王弟ロウエンまでが、そんな視線にさらされるのは気の毒だとサーシャは思った。

「私は気にしない」

隣のロウエンがまるで自分の心を読んだかのように言う。

「黄金じゃない花嫁を？」

「我々に対して言われることすべてだ。君は私の大切な伴侶」

「象徴的な、だ」

「そう、ラガンとデリンゲルを結ぶ象徴的な婚姻。私が心から望む平和が、これで保たれるはずだ」

言っていることの意味が分からなくて、サーシャはロウエンを見上げる。こういうときの自分はまさに子どもか愛玩動物のようではないか？　サーシャは気分が落ち込むが、騎士たるもの、表情に出さない鍛錬をしなくてはならない。

＊＊＊

雷竜という存在は竜人の中でも特殊な存在らしい。城で見かける竜人は銀、白、青、灰色の鱗を持ち、竜に変化したときも同じ色をしている。竜になったときには火を吐くらしい。漆黒の巨体で激しい雷電を落とすのは雷竜だけだという。ロウエンは、王宮の人々に恐れられ、敬遠されているらしい。

「雷竜は怒ったり興奮したりすると、すさまじい雷鳴、稲光、そして雷電を放つらしいですよ。

雷電に打たれた衝撃は、竜をも殺すと言われてるほどだそうで」

情報通のレンはいつの間にか城の人々から情報を仕入れ、サーシャに教えてくれる。そんな話は聞きたくないと言っても、デリンゲルに関するすべてを知っておくべきとして、次から次へと話題を出してくる。

「竜をも殺す!?」

「雷電をまともに受けると心臓が止まるってことです」

「同じ竜なのに?」

「だから雷竜は雷竜としかつがわないという話です。また雷竜はこの国でもめったに生まれない存在だとか。ロウエン殿下は現王家ではただひとりの雷竜の生まれだそうです」

サーシャは深緑の瞳を裂けるほど見開いた。

「雷竜は雷竜とだけつがうのか? じゃあ、オレはどうなるの!?」

「だから皆、サーシャ様はどうなるか、興味津々なんです」

道理で王宮の人々が自分を見る目が、好奇と憐れみに満ちていたはずだ。みんな、自分がロウエンの雷電でどうなるか、注目している……嫌な気持ちがこみ上げる。王がわざわざ呼び出して自分の顔を見たのも、そういうことか……。

「ロウエンと結婚したオレが、そのうち雷電に打たれて死んじまうと思ってるのか」

「いや、そこまでは……」

レンは言葉を濁すが、絶対そう思って見ているのだ。サーシャは腹の底がカッと熱くなってきた。王宮の人々にも腹が立つが、ロウエンにも怒りを感じる。

雷竜について何も教えずに、いきなり嫁にもらうと言ってきた。雷電を受けて心臓が止まって、死んでしまったらどうするつもりなのだ。

サーシャは部屋を出て走り出した。慌ててレンが追いかけてくる。

「サーシャ様！　どこへ行かれるんですか？」

「ロウエンに訊いてくる。オレが心臓が止まって死んだらどうするつもりなのか！」

「そ、それこそいきなり訊いたら、ロウエン様が怒って雷電を放ってしまうのでは？」

勢いよく走っていたサーシャは急に足を止めた。その背中にレンがぶつかり、ぎゃっと悲鳴を上げたが、その衝撃にも気がつかなかった。

「ロウエンに怒られるか……。怒らせると雷電に打たれる？」

ロウエンはふだんからあまり自分に接触してこない。その理由が分かった気がする。うっかり怒りを爆発させると、大事な政略結婚相手の花嫁が死んでしまう可能性がある。雷竜がそこまで危険をはらんだ生き物だとは思わなかった。でも彼自身はそんなに怒りっぽくは見えない。冷静沈着に見えるのは、必死に自分を抑えているのだろうか。

——そんな危険があるのに、なぜオレを花嫁にするなんて言うんだ。

ロウエンに訊いていいのか悪いのか。考えていると、ロウエンの言葉が蘇る。「象徴としての結婚」。象徴として、形式だけの結婚だから、自分の身は安全なのか。

サーシャはロウエンの部屋には行かず、回廊から庭に出て座りこんだ。今の話は衝撃だったが、それを直接ロウエンにぶつければ、彼が傷ついてしまわないか？

レンは黙ってサーシャの言葉を待っている。

「ねえ、レン。ロウエンがオレからいつもちょっと離れてるのは、このせいかな」

「きっとそうでしょうね。サーシャ様が雷電の被害を受けないように」

「そっか……」

ロウエンは重要な会議の後、そのまま宴席に出るので夜も遅いことが多い。しかし、日々の暮らしがすれ違うのは、このためもあるのか？　一緒にならないように、自分を気遣っている？　そんな状況なのに、なぜ自分と結婚する？　デリンゲルとラガンの同盟のためか？　そんなに国や政治が大事か？　サーシャは訊きたいことが心の中で渦巻く。

がらんとした食堂でひとりぽつんと食事をしながら、給仕をしてくれるリラに訊いてみた。

「ロウエンは今までひとりで食事をしていたの？」

「はい。お客様がいないときはそうです」

リラに訊いてみていいものか、一瞬ためらったが、サーシャは尋ねた。

「ロウエンがひとりでいるのは雷竜だから？」

リラが困ったような顔になり、返答しない。

「周りの人が雷電で傷つかないように、ひとりでいるの？」

「……そうかもしれません。殿下はずっとおひとりで暮らしているのです。母君を早くに亡くされて、まだお小さいときから」

「そのときは父上もいたはずだよ。王である父上は？」

リラは言いにくそうだった。

「先代の王様は王宮にお住まいで、この居城にお越しになったことはないそうです」

小さいときから、ひとりで。想像するだけでサーシャは胸がずきりと痛む。サーシャは生まれてからずっと、父や銅山の人々に囲まれていた。質素な暮らしだが、ひとりぼっちになることはなかった。

自分の意志でラガンの王宮に来て、初めて周りに親しい人がいない孤独を味わった。ときに堪えがたい夜もあった。それをまだ小さい子どものときから？

——あの人でも泣いたりしたんだろうか？

サーシャの脳裏に、黒い雷竜の子が泣いているところが浮かぶ。興奮すると帯電するというから、泣いても誰もそばに来てくれない。

ずっとこの大きな居城でひとりで暮らしていた。想像するだけでサーシャの心が重くなる。

そして今、ラガンとの同盟のために、竜人たちに笑われながら、黄金じゃない花嫁を無理に娶ろうとしている。彼はそれで満足なのだろうか？

「ロウエンに訊きたいことがあるから、帰ったら教えて」

リラに頼み、彼が帰ってきたら雷竜のことを追及したいとサーシャは待っていたが、彼は夜が更けても現れない。サーシャはやがて眠ってしまった。

サーシャは目が覚めるなり、昨日のことを思い出した。雷竜のことを訊きたかったのに来てくれなかった。結婚前にあんな大事なことをオレに言わないなんて。

「サーシャ様、ロウエン様が朝の挨拶にお越しです」

「会いたくない」

ロウエンが来てくれてもサーシャは腹が立ったままだった。レンの声に背を向けたが、ドアを開け入ってくる音がした。サーシャは横たわったまま身を硬くする。

「気分でも悪いのか？」

「どこも悪くない」

背中を向けたまま、ロウエンに答える。

「昨夜は遅くなってすまなかった。そんなにふてくされないでくれ。部屋を覗いたらぐっすり眠っていたので、起こすのがしのびなかった」

寝顔を見られた？　恥ずかしさに顔を赤くしながら尖った声を出す。

「勝手に部屋に入ったのか？」

ベッドの上に影が差して、ぬっと背の高い雷竜の男が覗きこんでくる。ひっと息を呑み、驚いた自分自身に腹を立てたサーシャは、口を固く引き結んでロウエンを睨み付けた。

「元気そうだな。目に強い光がある」

黒い髪は雷光もまとっておらず、逆立っていない。雷竜なのに穏やかな顔。そんなロウエンに、サーシャはガバッと起きて向き直った。

「雷竜は雷竜としか、つがわないって本当のこと？」

いきなり言われて、冷静沈着に見える彼も、かすかな動揺を見せる。

「誰からそんなことを聞いたのだ」

「オレの情報網から」

「昔はそんな話もあったらしい。今は雷竜はめったに生まれないので、雷竜同士の結婚は聞いたことがない」

「どうしてそれを先に言わないんだ。あんたの雷電でオレに何かあったら、どうすんだよ」

子どものように頰を紅潮させ唇を尖らせるサーシャに、雷竜の男は冷静さを取り戻して答える。

「国と国との象徴的な結婚だから大丈夫だろう」

そして漆黒の瞳がふいに獰猛な光を帯びる。

「それとも、私の真の伴侶になってくれるつもりがあるのか」

迫られて反射的に答えた。

「し、死なないんだったら考える」

ざわっと黒髪がうねったように見えた。瞳の光が鋭く強くなった。

「私の雷電は制御できるつもりだ。……それが確信でき、安心すれば、本当の意味での私の伴侶となってくれるのか」

サーシャは焦った。こんな方向に追いつめられるつもりではなかった。本当の意味……例の馬の姿がまた浮かび、叫びたくなる。このままでは雷竜の伴侶にならざるを得ない。いや、そうなるためにここにいるんだけど。

「結婚、象徴的じゃない方がいいの⁉」

「私はその方が望ましい。君と結婚したい」

「ほんとにそう思うのか？」

「私は君を本当の意味での伴侶にしたいと思う」

ロウエンは真顔だ。怖いくらいの。サーシャはロウエンの顔を穴のあくほど見つめるが、なんの変化もない。雷竜との結婚、不安しかない。それを振り払うように、叫んだ。

「あんた、なんでそんな平気な顔で言うんだよ！」

「平気とは？」

「いろいろ言われてんじゃんか！　差し替えの花嫁とか、黄金になれない花嫁とか。どうしてそんなオレを伴侶として扱うんだよ！」

「私が君を娶りたいと思ったからだが？」

「あんた竜人だろ？　竜人は黄金が何よりも大事なんだろ？　オレみたいな銅の精を娶ってどうすんだ？」

「私にとって、この婚姻ほど大事なものはないが？」

サーシャはぐっと詰まって返事ができなくなった。でも大事なものは婚姻だ。この男が大事なのは銅の精の自分ではないのだ。

「君と私が結婚することにより、ラガンとデリンゲル、ふたつの国が永遠の平和と友好を誓う同盟を結ぶ。このことによって、近ごろ強大な勢力を誇るようになった獣人の国エギクスと対抗できるだろう」

「永遠の平和が欲しければ、獣人と手を組めばいいじゃん」

ロウエンの目が一瞬、稲妻のようにきらめく。

「そんなに簡単に行かないのが、デリンゲルとエギクスの歴史だ。竜人と獣人は永の年月、敵対してきた。それぞれ周辺の国を巻き込むことを画策しながら。しかも近ごろ、エギクスの中の勢力が妖魔と手を組み始めた」

母から聞いた妖魔については、デリンゲルに来る間、レンや供の人々からも情報を得た。

「妖魔が取り憑いてる王子のこと？」

「そうだ。今のエギクスはふたつに分裂して、西エギクスのサックス王子の一派が妖魔と結託し、獣人はいっそう危険になっている。妖魔と契約して、魔の力を身に宿した獣人は、竜に変化したときの我らの体も喰い破ると聞く」

サーシャは深緑の瞳を驚きに見張った。硬い鎧のような竜の鱗を、獣人が喰い破ることができるのか？

「ラガンの騎士団にも獣人はいたけど、そんな危ないやつじゃなかったぞ」

「すべての獣人が妖魔と手を組んでいるわけではない。獣人の中でも、竜人と和平を結ぼうと考えている者たちもいる。彼らと手を組んで、この状況をひっくり返したいという希望はあるが、そんなにたやすくは実現しないだろう。味方となってくれる者が必要だ。

同じように、妖魔と手を組んだ獣人たちから国を守らなければならないと、ラガンの女王、君の母上も考えた。幾度も手紙や使者をやりとりし、実際にお目にかかって話もした。この婚姻は両国の信頼の証。何かあったときにはお互いを助けるため、我々が結ぼうとしている大切な絆だ」

身代わりとしてまで、デリンゲルにサーシャを嫁がせようとした母の思いが、少しだけ伝わった。あの強引なやり方に納得しているわけではないが。

ロウエンは静かに語りながら、ふと苦しげな眼差しになった。

「しかしこの婚姻の重要性を、兄上はそれほど分かっておられない。ラガン女王のお考えを」

それは自分の兄「黄金の君」ユールも同じだ。ふたりの結婚が実現していれば、輝かしく堅い両国の絆になっただろうに。

サーシャの胸がちくりと痛んだ。その代わりにここにいる自分は、なんなのだろう。大事な役目を背負っても、それをきちんと果たせているのか？　デリンゲルの人々に笑われてばかりなのに。

「でも実際は、王と黄金の王子の結婚じゃないよ。あんたは雷竜だけど、オレは銅の精でしかないんだ。国同士の大切な絆になってないんじゃないか」

「王弟と王子なのだ、そんなに卑下するな」

「するさ！　みんなオレたちのこと、馬鹿にしてるのに――」

「私はしていない。君の母上もだ。あの方が君を遣わしてくださったのだから、この国は喜んで君を受け入れるべきだ。あの方は真に尊敬すべき女王だ」

ずいぶんと母のことを敬っているのだと、サーシャは驚いた。自分の兄であるデリンゲル王についてはそれほど敬意を払っているようには見えない。

しかし彼にとっては母の女王のことや国同士の同盟が大事だということしか、サーシャには伝わらない。胸の痛みがいっそう募る。

さっき、本当の意味での伴侶と言ったけれど、この男は自分のことはなんとも思っていない。両国の絆、それさえ繋ぐためなら、銅でもほかの石の属性でも伴侶として迎えるのだろう。なんで胸が痛まなきゃいけないんだ、サーシャは痛みをこらえる。雷竜の男は苦み走った端整な横顔を見せている。彼は己の使命に真面目に向き合っているだけだ。銅の精の自分を好きで伴侶に迎えるわけではない。そうすべきと思っているだけ。そう考えると、寂しい音を立てて胸の中を風が吹き抜ける。

「本気でそう思うの？」

「私はいつでも本気だ。君を伴侶としたい」

言葉は風と同じだ。サーシャはその言葉を心の底から受け止めることができなかった。

＊＊＊

黄金じゃない銅であっても、自分はロウエンの居城の人々には受け入れられている。サーシャはそう確信しているが、王の住まう中央の王宮の人々の間では、やはり「黄金ではない」という価値しかないのか。そう思わざるを得ない。

王の誕生祝いの宴にロウエンとともに出席した。サーシャはこのような宴に出席するのは初めてだ。デリンゲルに来た日と同じように、王宮の豪壮な広間に多くの竜人たちがいて、サーシャはあの日の、大きな森に取り残されたような気持ちが蘇った。

黒ずくめのロウエンに合わせて、サーシャはデリンゲル風の黒い衣装を着た。支度を調えてくれた侍女のリラは、黒は銅色の髪と緑の目によく似合うと言ってくれた。しかしふたり並んで王の前に行くと、人々はくすくすと笑う。そして指さし囁きあう声がサーシャにまで届く。

「雷竜殿下は本当に『いくら磨いても黄金になれない花嫁』をモノにできたのか?」

「それにしてもあんな赤毛の小さな男を伴侶にして、殿下は楽しいのか」

わざとロウエンと自分に聞こえるように言っている。本当に腹が立つが、ひとりずつに喧嘩を売るわけにもいかない。ロウエンはそんな言葉を耳にしても、髪の毛一筋揺らぐこともない。彼は自分を抑える力が強そうだ。

今日はめでたい王の誕生祝いだ。サーシャだけが祝いの気分から離れているのも申し訳ない。それにロウエンのように自制心の強い男になりたかった。

銀竜の王ウィルデンは広間の玉座に座って、並み居る王侯貴族たちから祝福を受けている。きらきらと銀に輝く髪に、金の王冠をいただいている。王の隣に座るべき伴侶はまだいない。

王の隣に兄である「黄金の君」ユールがいる姿をふと思い浮かべた。

銀の竜と金の精が並ぶ姿はさぞ美しかっただろう。ユールなら王も喜んで迎えたはずだ。覚えのあるちくりとした痛みが、サーシャの胸を走る。ラガンから姿を消したユールは、今ごろどこでどうしているだろうと思った。結局、今に至るまで、ユールは行方不明のままだった。

王はふたりに、冷たいまでに銀色の眼差しを向ける。

「陛下、謹んでお誕生日のお祝いを申し上げます」

「ありがとう。そなたたちも変わりがないようで何よりだ」

さすがに晴れの場の今日は、前のような露骨なからかい方はしてこない。

「そなたたち、本当に婚礼を挙げる気があるなら、私が祝福してやろう」

「それはそのうちに。本日は王を祝う日です」

ふたりのやりとりに、またひそひそ声が高くなる。王への祝辞が一通り終わり、祝宴の杯を上げるときになっても、サーシャのささくれた気持ちはそのままだった。

ワインの杯を手に、サーシャはぽつんと突っ立っていた。王弟の伴侶であるサーシャに話しかける竜人はいない。故郷の銅山だったら、絶対誰もひとりぼっちで置いておかない。すぐに誰かが酒を注ぎ、話しかけてくれるはずだ。ラガンの宮廷だって、地の精たちはもっと愛想よく接してくれた。

サーシャの目の前に、ひとりの女性が立った。贅沢な金をあしらった白いドレスに、銀の髪が映える。サーシャより背が高く、無言でサーシャを見下ろしている。

——誰だ、この人？

無言のまま名乗らない。怒ったような顔で自分を見つめている。どこかで見たことのあるような……。とたんに頭の上から声が降ってきた。

「なぜ、あなたの方から私に声をかけないの⁉」

鋭く甲高い声だった。

「王宮のしきたりを知らないの？　兄上の伴侶なら、あなたから私に声をかけるべきでしょう」

とたんにサーシャの心臓がどきりと鳴った。兄上の伴侶——自分のことをそう言うならば——この女性はロウエンの妹だ。それが分かると、彼女が誰に似ているのか分かった。銀竜王だ。

「王宮では目上の者から声をかけないと、目下の者は挨拶もできないの！　そんなことも知らないの」

全然目上と思ってないくせに！　サーシャはそう言いたかったが、それは呑み込んだ。

「は、初めまして、サーシャです」

頭を下げると、またぴしりと言われる。

「王族は頭は下げない。本来なら冠が落ちるでしょう。なぜ王の誕生日というのに、冠もしてこないの。それになに、その黒ずくめの恰好。慶祝の気持ちが全く伝わってこない」

冠？　ロウエンがそんなものをかぶっているのを見たことがない。もちろんサーシャも持っていない。

「あなたは王に対する敬意を払う気がないの⁉」

ロウエンの妹は容赦なく畳みかけてくる。サーシャはつい後ずさりする。と、大きな体にぶつかった。ロウエンの深い声が響く。

「ラディアよ、サーシャはまだ王宮に慣れていないのだ」

妹姫はラディアというのか。サーシャは竜人の王女を見上げる。ラディアはサーシャに一瞥もくれずに、ロウエンを睨み付けていた。

「この者を王家に入れるなんて、冷徹な兄上らしくもない」

「私はそんなに冷徹なつもりもないがね」

「嫌がる妹に、ずっと獣人との政略結婚を勧め続けてるじゃない。私の気持ちなど全く考えずに。冷徹にもほどがあるんじゃないかしら」

「この国の王女として生まれて、他国との婚姻を受け入れないつもりか。では君はどのように生きて、王女としての責任を果たすのだ？」

兄妹といっても、自分とユールのように片方の親が異なるのではないか。ふたりの間の兄妹というには親しみに欠ける雰囲気に、サーシャはそう察する。自分の政略結婚の話をそらそうとするのか、ラディアはサーシャに視線をやり、紅に彩った唇を歪める。

「黄金の王子ではないのでしょう。話が違うと分かったときに、さっさとラガンへ帰せばよろしかったのに」

「君がサーシャの持参金の中で、一番大きなダイヤモンドを持って行ったのは聞いた。宝物をもらうだけもらって追い返すつもりか」

ラディアの胸に輝く、胡桃ほどの大きさのダイヤの首飾りに目を留めながら、ロウエンは静かに答える。

「ラガンではダイヤの精がいて、こんなダイヤはいくらでも見つけ出せるのでしょう。石と同じように」

「ダイヤはなかなか見つからないよ！　鉱山の奥深くにしかないんだ」

サーシャが口を挟んでも、ラディアはフンと鼻で笑った。

「デリンゲル王家は、いくら政略結婚としても、こんな品のない言葉遣いの銅の精と縁組みしなければならないの？」

「今は王の誕生祝いの宴の最中だ。言いたいことがあるなら、私たちの城に来てくれ」

「わざわざ行くのがいやだから、今言うのよ。私は無知で下品な兄嫁なんて認めないから。それにあなた、ちゃんと知ってて兄上のところに嫁ぐの？」

ラディアの目が意地悪く輝く。

「知ってるって何を？」

「兄上を怒らせると、怖いわよ。吹っ飛ばされるくらいならいいけど、雷竜とつがうと雷電を受けて心臓が止まるとか、早死にしてしまうっていうし」

愉快そうにラディアは笑う。声を上げて笑いながら、豪華なレースの袖をまくって突きつけた。

「ほら、昔兄上を怒らせて、雷電で飛ばされてこうなったの」

白いなめらかな腕に長く走る古い傷がある。

「怪我くらいならいいけど、兄上の雷電のせいで竜人にも死者が出たことだってあるのよ」

実際に竜人に死者が出た？　サーシャは衝撃で身動きできなかった。これまで聞いた心臓が止まるというのは、伝聞の話でしかなかった。やはり本当のことなのか？

「ラディア、いい加減にしなさい」

ロウエンの口調は平静だったが、黒髪がうねり波打ってきた。ちらちら光って見えるのは帯電かもしれない。

「あら、怒らせちゃったかしら。ああ怖い。私、まだ死にたくないから、あちらへ逃げてるわ」

ラディアは優雅に素早く礼をして、笑いながら去って行った。

サーシャは茫然としながら、ロウエンに視線を戻した。怒りにうねった髪はもとに戻ったが、凛々しい顔の黒曜石のような瞳が曇っている。

周りの竜人の貴族たちは自分たちを遠巻きに見ている。その深刻な表情から、それが本当のことらしいと知る。

――ロウエンの雷電で死んでしまった人がいるのか。

「あの人が言ったのは、本当なの？」

尋ねてもロウエンは反論をしない。ひとり水底に立つように、サーシャは寒々として体をこわばらせた。もはや宴を楽しむ気分にもなれない。

どうやってロウエンの居城に帰り着いたのか、よく覚えていない。暖かな暖炉の前に座って、やっとサーシャの体の血の巡りが良くなると、言葉より何より怒りがこみ上げてきた。ラディアにもだが、ロウエンにも腹が立つ。

「なんで自分の妹なのに、あんなこと言わせておくのさ！　宴を台無しにして！」

サーシャは拳を握りしめるが、揺らめく炎に照らされたロウエンの横顔は氷のように冷静だった。

「デリングゲルでは癇癪持ちのことを雷竜のごとしと言うが、君は雷竜の私よりも癇癪持ちだな」

「あんただって怒ったらいいじゃん！」

「雷竜の姿でなくても、雷を帯びた私は、みなを怯えさせてしまうからな。髪は逆立って帯電し、近くにいると体に雷電が伝わって、ビリビリと痺れてくるらしい」

ロウエンは微笑んだ。

「オレは怖くない」

本当は髪が生き物のようにうねるところは怖かった。帯電してパチパチと紫の小さな火花が散って見えるのも。

「君は銅の精だから強いのか？」

「オレが強いのは、騎士になりたいからだ」

全然関係のない主張をしたが、ロウエンは笑みを湛えたまま聞いている。こういうとき、ことさら子ども扱いされているような気もするが、サーシャは続けた。

「あの人は妹なんだから、怒らなくても、たしなめるとかできるだろ」

「たしなめて聞く子じゃないな」

「あんなこと言わせて、否定もしないなんて」

「本当のことだからだ。ラディアの怪我も、味方であるデリンゲルの竜人たちを雷電で死なせてしまったことも」

サーシャはきゅっと唇を噛みしめた。そこは微笑むところじゃない。そんな表情でこんなことを語るな。泣きたかったら泣け。

ロウエンはいつもそうやって、心を押し殺したように笑う。雷竜としての自分を封じ込めないと、生きていけないかのように。それを見るとなぜだか切なくなる。

「わ、わざとやったことじゃないだろ！」

「それはもちろんだ。ラディアは私の可愛がっていた子犬を池に放り込もうとしたので、怒りのあまり雷電を発してしまった。雷電を受けて子犬ごとラディアは失神して倒れ、その弾みで腕に怪我を負った。

エギクスとの初めての戦いのとき、頭に血が上った私が敵をめがけて放った雷電は、手加減が分からず、敵と味方の双方をなぎ倒してしまった。勝利はしたものの、私は戦場に出るのが恐ろしくなった」

「……今は手加減ができる？」

「ああ、戦場で狙いを付けた相手に雷電を飛ばすことも、死なない程度の威力にすることも」

「ただし、自分が興奮して頭に血が上っていなければ。もし私が我を忘れた場合、どうなってしまうか分からない」

今、こんなに大人で落ち着いてるんだから大丈夫じゃないのか？　ちらりとロウエンを見る。黒い髪はしなやかに額に落ちかかって、気持ちに昂りはないようだ。

「本当に自分が我を忘れてしまったとき、どうやって抑えられるだろう？　それが私は怖いんだ。誰かを傷つけてしまわないか」

「……だからひとりでいたいのか？」

「そうだね」

「じゃ、なんでオレを迎え入れるの？　そんなにラガンとの同盟が大事？」

ロウエンは首をかしげた。いつも明快な彼が答えに悩むんだ。そのことがちくりと胸を刺す。君にいてほしいから、そんな言葉を期待するな。

「大事だ、とても」

胸の奥のちくちくがひどくなる。別にロウエンのことを何とも思っていないのに、同盟のためと言われるたびに、嫌な胸の痛みに苛まれる。

「あの人、雷竜とつがうと心臓が止まるって言ってたけど、それも本当にあったこと？」

「それは知らないな。私はまだ誰ともつがったことがない」

それを聞くと、なんとなくほっとする。サーシャは心がちくりと痛んだり、緩んだりと、せわしなく変わるのが嫌いだ。なのにそれを自分では制御できない。今はどきどきと心臓が鳴ってきた。どういうことだ？

「つがうって、その、あの……結婚のこと……？」

「君との結婚のことなら、君に覚悟ができるまではしないさ」

思わずふうっと大きな息をつくと、ロウエンは笑った。

「私はいつまでも待つ」

「そんなの、ずっとないかもしれないよ！」

サーシャは叫んだ。

「オレ、心臓が止まるのはいやだ」

そのとたん、ロウエンの表情が切なげな翳りを帯びた。しまった、彼を傷つけてしまったと唇を噛むが、口から出た言葉は戻せなかった。

傷つけてしまった……そう思ったが、ロウエンは翌日には何ともなかったように、サーシャに接してくれた。見た目は厳しく怖そうにも見えるが、実際にはこまやかで優しい。

「ここの暮らしで足りてないものは？　何か欲しいものはあるか？」

ロウエンの言葉に、サーシャは飛びつくように勢いよく言った。

「剣の稽古がしたいんだけど！」

レンは、ここで剣の稽古をするのはやめろと言う。あらぬ疑いをかけられてはならない、というのがその理由だ。他国から来た花嫁が武器を振り回していれば、謀反の疑いありと思われてしまうからか。

「剣の稽古か」

ロウエンは考えこんでいる。

「オレは花嫁だから剣なんておかしいって、みんな言うけど、男だって分かって嫁にするんだから、構わないよな？」

「君は何のために剣の稽古をしたいんだ？」

すぐに許可してくれるとは思わなかったが、思慮深く論理的な男ロウエンはやはり理由から訊いてくる。

「前に言ったろ。オレ、騎士になって戦いたいんだ」

ロウエンには嘘やごまかしても理詰めで質問され、答えに窮するだけだろうと思い、サーシャは正直に言った。

サーシャは一番上の兄の「鋼の将軍」のように優れた剣の腕を持ち、少年の頃から戦場に赴いた経験はない。得意の弓矢を活かしたいという夢があったが、騎士になるなら接近戦もこなせるように剣の技量を上げたかった。

「私の花嫁である君が、騎士になって戦場へ出るのか？」

花嫁のくせに騎士に……と言われるたびにサーシャはむくれる。ムカムカする思いを振り払うようにサーシャは続けた。

「そうだ。騎士になって戦場へ行きたいんだ」

剣と盾を持って馬にも乗ってみたいし、竜ならもっと乗ってみたい。

「戦いなど無駄だし、君を戦場にやるつもりはない」

聞き捨てならない言葉に、サーシャはカッとなる。

「戦いが無駄？」

「私が日々やっていることは、デリンゲルを戦争などしなくていい国にするため、それだけのためだ」

「じゃあ、この国の騎士団は無用なのか」

「王宮の護りのためには必要だ。しかし君に関わってほしくはないな」

「この城だって、万一の護りが必要だろ。オレがこの城で花嫁……になるんだったら」

騎士である花嫁。変か、やっぱり。心の中で自分につっこむ。

「君がやっと私と正式に結婚する気持ちになってくれたというわけか」

そう言われると困る。ロウエンと正式に結婚する。象徴的じゃないやつだ。サーシャの脳内にまた馬たちの姿が浮かび、それがロウエンと自分の姿になることを頭を振って必死で止める。喜んで！　という気持ちにはなれない……。

「き、騎士になれたら、花嫁になる」

「……条件付きでも、少しは前向きになってくれているということか」

サーシャは眉間に深いしわを寄せたまま、うなずいた。

「象徴の結婚でいいんじゃなかったのか？」

「私は君にもっと近づきたくなっている」

何を言ってるのだ、オレを口説く気か。

「騎士になれたら、考えてもいい」

騎士になったとき考えよう、サーシャは問題を先送りにした。

「私を護ってくれるのだったな。楽しみにしている」

楽しみとはなんだ。全然期待してないみたいだ。サーシャは険しい顔をしたままだった。

ロウエン自身は剣の稽古はしていないようだ。帯剣もしていない。王宮の中で剣を身に帯びていないのは彼くらいだ。いざというときは雷電を放つらしい。

「……その言い方、オレの剣に期待していないだろ？」

「そんなことはない。私は剣は持たないから。雷竜の力は王宮内では大きくて使いにくい。君に期待している」

一応期待はしてくれているのだ、サーシャはその言葉は胸に留めておこうと思った。

「だが、自分から剣を抜いたり戦場に出たりすることは止めてほしい。私は戦いを避けていこうと思っているのだ」

騎士になりたい一心のサーシャは、ついつい不満そうな顔をしてしまったのだろう。ロウエンは諭すような口調になる。

「オレは戦いたいのに」

「誰と？」

サーシャはぐっと言葉に詰まった。敵と答えると、ロウエンにそれは獣人の国なのか、と訊かれて、先日からやってているような、同じ話の繰り返しになるだろう。ロウエンの考えは、あくまでも獣人の国とも和平の協定を結ぶ方向だ。王の意向とも違っているらしい。

「どうしてそんなに戦いたいのかな、私の花嫁は」

「オレが嫌なら、おとなしい花嫁を探せよ。王宮にだって普通の女の子がいるだろ」

つっかかるサーシャを、ロウエンは妙に優しい目で見つめる。なぜそんな目で見るのか。黒く澄んだ瞳は美しいが、甘ささえ感じる優しい視線は、侮辱されているような気もする。

「私の花嫁は君以外にいない」

「オレは口が悪いし、あんたの言うことは全然聞かないぞ」

「批判精神に富んだ伴侶がいれば、日々飽きないだろう。これからの暮らしが楽しみだ」

「そんなにオレのことが気に入ってるのか？」

ロウエンは微笑んでうなずき、サーシャは急に心臓がどきどきとしてくる。このふいに心臓がどきどきする現象にも当惑する。最近よく起こるのだ。

雷竜は、雷電を発していないときでも、そばにいる者の心臓に影響を与えるのではないか？

サーシャはそう思うときがある。雷竜ではないほかの竜人のそばにいても、心臓がおかしな動きをすることはない。

レンに訊いてみたが、「確かに雷竜殿下以外には、どきどきしないでしょうねえ」とニヤリと笑うだけだった。彼の目から見ても、雷竜の影響が原因なのだろう、とサーシャは納得した。

「オレは騎士になってもいいんだね？」

「君が騎士を目指すなら、それを止めはしない」

「剣の稽古をしてもいい？」

「私の居城の中なら構わない。王宮の騎士団の者たちと稽古をすればいい」

サーシャはさっきとは違う胸の音を感じた。騎士を目指してもいいのだ。自分のやりたいことができる。それなら……花嫁になってもいいか。そう思ってしまうくらい、期待に心が弾んだ。

翌日、早速サーシャは剣を手に、王宮の竜人騎士団へ勇んで向かった。青竜の騎士団長ウィルカは、「私の許嫁に剣の指南をするように」というロウエンの命令に見るからに当惑していたが、サーシャは気にしないことにした。ウィルカはサーシャのために、騎士団を率いて居城まで来てくれた。

体格の違う竜人たちは、サーシャの剣よりもずっと大きな剣を持つ。彼らの盾もサーシャには持って戦うのが難しいくらい重い。

「それでは稽古用の剣で対戦しましょう」

ウィルカは、サーシャの相手に騎士団の中から小柄な若い騎士を呼んだ。

胸当てや籠手を付け、稽古用の剣を手にした騎士は、困惑した顔でサーシャの前に立つ。王弟の花嫁相手に、どんな試合をしたら満足してもらえるか、と思っているのだろうか。わざと負けるなんて許さないぞ、サーシャは盾と剣を手に飛びかかった。

背の低いサーシャは、剣をわざと下に向かって振るう。騎士はこんな攻撃を受けたことはなかったのだろう、最初は受ける一方だった。

時折、サーシャは剣を上げて真っ向から剣で斬りかかった。次第に慣れてきたのか、騎士もサーシャに打ちかかるようになる。

騎士の目が真剣になり、紅潮した顔から汗のしずくが飛ぶ。サーシャがひらりと身をかわすと、「くそっ！」と声を洩らした。相手の本気を感じて、サーシャは嬉しくなる。

いったん引いてから一気に姿勢を低くして突っ込んでいった。間合いが狂った騎士は、「うわっ」と声を上げて剣を振り下ろしたが、サーシャは下から剣をはね上げた。手から剣が飛ぶ。

「勝負あり」

ウィルカが声をかける。サーシャは息を切らしながら、にこりと笑った。自分より大きな竜人騎士と勝負し、勝利を収めたのだ。

「サーシャ様は太刀筋が読めない動きですな」

ウィルカに声をかけられ、サーシャはそれが褒め言葉なのか皮肉なのか分からなかった。

「変かな？」

「見たことのない動きで、我々の騎士は面食らったようです。でも実戦とはそういう、思いがけない動きが必要なもの。ぜひこれからも一緒に稽古をさせていただきたい」

「ぜひ！」

「嬉しそうですね」

「もちろんです。オレは騎士になりたいから」

　ウィルカは端整な顔をほころばせた。

「ロウエン殿下からご伴侶とお手合わせという話をいただき、我々はどういうことかとずいぶん困惑したのですが、本気で勝負なさりたいお気持ちが分かりました」

　自分より頭ふたつ分は高い、デリンゲルでも一二を争う強さという騎士団長が、自分を認めてくれた。サーシャの心にふつふつとやる気がみなぎる。

「それにしてもロウエン殿下がよくお許しになりましたね」

「ロウエンは騎士になるという、オレの夢を応援してくれるみたいだ」

「ご伴侶に対して、実にお心の広い、理解の深い方でいらっしゃる」

　ウィルカはロウエンについて誇らしげに言った。

「ほかの竜人だったら理解してくれないのかな」

「国も種族も異なる婚姻ですからね。お互い分かり合うのだって難しいことかと」

　確かに、とサーシャは心の中でうなずいた。もし当初の予定通りデリンゲル王に嫁いだとしたら、こんな稽古は許してもらえなかったかもしれない。

「オレ、ロウエンにお礼言わなきゃ。言ったと思うけど、もっとちゃんと言いたい」

「我々はあなたにお礼を言いたいですよ、サーシャ様」

なんのことだろう？　サーシャが小首をかしげると、ウィルカは笑った。

「今回のことでロウエン殿下が、久しぶりに騎士団の営舎を訪れてくださった」

「昔はもっと騎士団と関わっていたの？」

「ええ、昔はご自分でも剣を取り、稽古をつけてくださいました」

「ロウエンは強い？」

「ええ、とても。我々の誰よりも優れた腕前です。しかも実戦では雷電も使えるので、向かうところ敵なしという方なのです」

へえぇ、とサーシャは声を上げて感心した。

「実戦に出たこともあるんだ。戦嫌いなのかと思ってた」

「実戦に出ていたからこそ、今の殿下のお考えがあるのです」

ウィルカは呟くように言った。彼はロウエンを深く理解している様子だった。

「戦いで何かつらい目に遭ったから……？」

厭戦的なロウエンが気になる。ウィルカは目をそらしてそれ以上の事情は言わない。サーシャははっと、以前ラディアが言ったことを思い出した。確か初陣での攻撃で死者が……。

「サーシャ様が直接殿下とお話しください」

ウィルカが去った後、対戦相手の騎士が笑顔でサーシャに近づいてきた。

「サーシャ様の攻撃には驚きました。思いがけぬところから飛び込んでこられる」

「オレは背が低いから、竜人騎士団にだったら、ああいう攻撃がいいのかなと思って」

「いい勉強になりました。またぜひお手合わせをお願いします」

試合の余韻が紅潮した頬に残っている、気のいい青年だった。サーシャはまた彼と立ち合いたいと思った。

＊＊＊

ロウエンは夜遅くまで執務室にこもっている。サーシャは夜はひとりでぼんやり過ごしていることも多い。それを気の毒に思うのか、リラをはじめ使用人たちが、話をしてくれる。みな、ロウエンの雷電を恐れてか距離は置いているが、彼のことを尊敬しているのだった。

「ねえ、ロウエンって、いつ仕事を休むの？」

ある日、痺れを切らしたサーシャはリラに尋ねた。その前にレンから「ロウエン殿下は休みを取ったことなどないそうですよ」と報告されていたのだが、信じられなかったのだ。

「殿下は……あまりお休みを取られません。雷竜は休まなくても平気だとおっしゃって」

「平気じゃないだろ!?　いくら雷竜が頑丈だからって」

レンが冗談を言ったのかと思ったのだが、リラまでがそう言うということは、ロウエンは本当に休みも取らず働いているのか？

「殿下は国の内外からの訪問客の応対があり、それ以外の時間も執務室におこもりなのです」

サーシャの母、地の精の女王も大臣たちと話しているとき以外は、城の執務室で日々何か読み書きをしていた。読むと言っても、本ではなく紙を束ねた文書だ。

サーシャは挿絵の入った楽しい話の本でないと読めなかったので、母が面白くも何ともなさそうな紙に集中しているのが不思議だった。一度訊いたことがある。それは面白いのかと――。

「私にとっては面白いのだ」

記憶にある母の言葉と同じことを、紙の束を前にしたロウエンは言った。執務室に入ったサーシャは、母と同じように熱心に文書を読むロウエンに尋ねたのだ。

「何が書いてあるの？」

「これは君の母上からの手紙だ。結婚相手が私になったと聞いて、君のことをよろしく頼むと書いておられる」

母がそんな手紙をロウエンに出したと知って、サーシャは慌てた。何を書いてあるのだろう？　サーシャ自身は手紙を書くのが嫌いで、母に手紙を出したことなどない。結婚相手がロウエンに差し替わったことは、デリンゲルにいるラガンの大使から知らせが行ったはずだ。

「なんて書いてある？」

「最初は驚いたが、君と私は良い縁になるのではということだ。祝福するとあって、私も安心した」

母が祝福してくれるなら良かった。サーシャは安心すると同時に、それをロウエンから知らされたことが少し恥ずかしくなる。母と手紙のやりとりをしていないことがばればれだ。

サーシャはごまかすように辺りを見回す。部屋の壁は天井まで届く書架が並び、たくさんの本が収められている。

「ここにある本、全部読んだの？」

「書架の本はすべて読んだ」

「こんな難しそうな本を!?」

「この国の政治を司るためにはね」

すげえ、思わずサーシャが洩らした言葉に、ロウエンは微笑んだ。ふだんのロウエンは黒髪がうねり逆立つこともなく、黒い瞳も穏やかだ。銀竜の王のような派手な服を着ることはなく、たいてい質素な黒っぽい服装だが、ラガンの母と同じような気品と威厳があった。

着ているものだけでなく、彼は暮らしぶりも地味だった。城にいるときはたいてい執務室に座って、読むか書くかしているだけ。後は王宮の会議だが、サーシャは会議の場には出ないので、どんな雰囲気で行われているのか知らない。

それ以外は居城の中で遊ぶ姿を見たことがない。彼がどんな遊びをするのかも分からない。黒い竜になって飛んでほしいが、竜の姿は初めて会ったときしか見ていない。

「いつ遊んでるの？」

サーシャの問いに、ロウエンは首をかしげる。

「遊ぶ？」

「ずっと座って読み書きしているか、訪問してきた人と話をしてるか、王様の会議に出るか、そればっかりじゃん。遊ぶ時間はいつ？」

ロウエンは驚いたように目を瞬いた。

「……遊ぶ必要があるのか？」

今度はサーシャが瞬く番だった。

「遊ばないで平気なんだ？」

お互い不思議そうに見つめ合う。

「変だろうか？」

「何が楽しくて生きてるんだろ？　って思うけど」

「楽しいと思う……？　それが必要なのか？」

決定的に話が合わない。サーシャは軽く絶望しながらロウエンに尋ねる。

「毎日の暮らしで楽しいと思うことは何？」

ロウエンはじっと考えこんでいる。あまりに何も出てこないので、サーシャは不安になってきた。

「じゃ、やりがいがあることとか」

「政治のことだな」

「面白い？」

「面白いと言ってしまうには、責任が重いというか、大変なことなのだが……。しかし国のために尽くし、王族としての義務を果たすのが私の生きる道だ」

思った以上に真剣な答えが返ってきて、サーシャは途方に暮れた。雷竜の男は本当に遊ぶ楽しさを知らないのかもしれない。

「真面目なんだね」

「私にはそれしかない」

澄んだ瞳で言い切られ、つまらない人生だな、と言ってやりたい気持ちを呑み込んだ。楽しくはないけどやりがいはある。そんなロウエンは、国というものを背負い、一筋の細い道を踏み外さないようにかたくなに一歩一歩歩いているように見えた。

そんな人生は嫌だ。ロウエンについそう言ってしまいそうだが、心の奥底では彼の揺るぎない生き方がうらやましくも思える。身代わりの花嫁としてこの国に来た自分は、この先の人生で、そんな揺るぎない何かを得ることができるのだろうか。

＊＊＊

騎士団の稽古の後、従者のレンを相手にサーシャはお茶を飲んでいた。

「ロウエンは母上と親しいんだよね。国と国同士の関係だけじゃなくて、個人的に。いつの間に親しくなったんだろう？　オレなんて母上と全然話をしたこともないし、何か教えてもらったこともない」

レンの答えは明快だった。

「女王様は扉を叩くものには開かれるのです」

サーシャはむっと口を引き結ぶ。それは自分が訊かなかったのが悪いというのか？

「サーシャ様はもったいなかったですね。女王様の御子でいらっしゃるのに。女王様は俺のような従者風情でも訊けばお答えくださるんです」

「ほんとに？」

母が付けてくれた従者のレンは、この国の中で、唯一頼りになると言ってよい人間だ。飄々としてとらえどころのない青年だが、ラガンのことで知らないことはないと言っていいほど博識だった。母が従者にレンを選んでくれたことに今では感謝している。

「今から母上に訊くと言ったって……」

「サーシャ様が手紙を書くのです。届けるのは俺にお任せください」

サーシャは手紙を書くこともほとんどない。デリンゲルへ騎士として行くという手紙を、銅山の父には出したが、その後のことは知らせていない。

手紙を書くか。時折、騎士団と剣の稽古をすることは許されているが、外遊びについてはロウエンに言い出せておらず、サーシャは暇を持て余していた。

初めて母への手紙を書いた。サーシャのための部屋には彫刻が施された立派な机もペンもインクも用意されていたが、今まで一度も使っていなかった。

雷竜のロウエンと暮らしていること。彼はびっくりするほど真面目な人であることから、妖魔とはどういうものなのか？　内容はさまざまで、こんな支離滅裂な手紙に母がまともに返事をしてくれるのか、不安に思うくらいだった。

居城の竜人の召使のひとりに話をつけ、レンはラガンへ向かって竜に乗り、飛び立って行った。その手慣れた騎竜姿に、彼がただの従者ではないような気がした。

レンは数日後、女王からの返信を持って戻ってきた。

「女王様はサーシャ様からのお手紙を大変お喜びでした」

そうだったら嬉しい。早速母からの手紙を広げた。忙しい身なのに、細かな字でたくさん書いてある。もしかしたら、思ってるよりずっと、母は自分のことを案じてくれているのかもしれない。

〈雷竜のロウエン殿下は聡明な方なので、結婚生活のあれこれも、そなたに合わせてくださるだろう〉

まあ、そうだね、とサーシャはロウエンの真面目な顔を思い浮かべる。結婚生活と言っても今のところ象徴的なものであることまでは、手紙に書けなかった。

〈妖魔については、私にもまだ分からぬことが多い。我ら地の精はあまり影響は受けないらしいが、獣人や竜人の国では取り憑かれる者も多く、妖魔憑きに襲われるなど被害も大きい。それに自ら妖魔に魂を差し出す者も出ているという。妖魔を身に取り込むことで強大な力を得ることができるのだ。難しいのは妖魔に取り憑かれた者を見分けることだ。急に凶暴になることで気が付くのだが、企みを持って潜伏する者などもいるだろう〉

母の手紙を読んでいると、ロウエンの敵の姿が次第に分かってくる。と同時に怖くもなる。

こんな敵を相手に、ロウエンはどう戦うのだろう？

母の手紙の最後には気になる一文があった。

〈そなたの目には妖魔に取り憑かれた者が見えないか？〉

どういう意味だろう？　サーシャには分からなかったが、母からの手紙は大切に机の引き出しにしまい込んだ。

＊＊＊

日々の食事は城の食堂でふたりで食べる。小さい城といっても厨房とは離れているし、まずは食堂の片隅に控える毒味役が食べて様子が変わらないのを老家令が確認する。食べるのはその後なので、口に入れる頃にはどの料理も冷めている。

サーシャにはこれが苦痛でたまらなかった。ラガンでは王宮でも毒味役を置く習慣はなかった。サーシャが初めて毒味役を見たとき、主よりも前にその食事に手をつける姿に驚いたのだった。

ラガンでは王宮といっても規模が小さく、ふだんの食事は厨房に近いこぢんまりした部屋で食べていた。料理はいつも出来立てで、あぶったばかりの熱い肉汁が零れるような肉の味が恋しい。

毒味役の存在には慣れた今も、料理が冷めてしまうのには慣れない。サーシャは冷たくなった鴨の肉をナイフで切った。硬い。口に入れるとデリンゲル独特の香辛料の効いた濃い味付けだ。美味しくない。もっと素朴に塩味だけで食べられないのか、そう思いながら窓の外に目をやると、庭の池に向かって飛んでいる鴨が見える。

「そうか！」

サーシャは立ち上がった。いい考えが浮かんで、急いで部屋から弓矢を持ってこようとした。

「どうした？」

ロウエンが不審そうに眉を上げる。

「ちょっと……お願いが」

「食事中にしなければならないことなのか？　急ぐなら今話すべきだが」

さすがに今すぐ行くのはおかしいかと、サーシャは椅子に座った。しかし動きたくて腰がうずうずする。

「オレ、気が付いたんだけど、ロウエンは焼きたての肉、食べたことないでしょ」

「焼きたて？　ないが、それがどうした？　それに私は出されたものを食べるだけだ。味は変わらないだろう？」

やっぱりな、とサーシャは顔をしかめた。味が一緒であるわけないのに。

「じゃあ、明日の昼、オレが美味しいものを食べさせてあげる」

翌日、サーシャはロウエンと一緒に広々とした庭の池のほとりに立った。昼食をご馳走すると言って、彼を無理やり庭に引っ張っていったのだ。久しぶりに矢をつがえる。

デリンゲルに来て弓矢を取り出したが、腕はなまっていなかった。サーシャが三度目に射た矢は鴨に命中し、レンが落ちた鴨を拾って、たかだかと上げて見せる。

「弓の腕にも驚いたが……この鴨が私の昼食なのか？」

目を見張るロウエンに、サーシャはにんまりとうなずく。

「捕ったばかりの鴨を、毒味役なしで食べてもらいたいんだ」

レンが手早く火を熾し、サーシャが鴨をさばく。こういうときのふたりの息は、ぴったりだった。

羽をむしった鴨から内臓を取り出すサーシャの手元から、ロウエンが目をそらそうとしたとき、サーシャはぴしりと言った。

「目を離さないで。オレが毒を入れてないか、しっかり見てないと」

「……私は君を信頼している」

「そうなの？　他国から来た花嫁には決して気を許さないのが、王家というものって聞いたけど」

「どこの王家の話か知らないが、私は君に心を許している」

ロウエンはサーシャがさばく鴨を、気味悪そうに眉間にしわを寄せながら見つめていた。嘘とは思えない。心を許す、その言葉にサーシャは嬉しくなる。

金串に刺した鴨を焚火で炙った。食べる前に塩を見せた。

「塩はオレが毒味してあげる。見てて」

「……毒味はもういい。君を信頼しているし、早く食べよう」

こんがりと焼きたての鴨に塩を振り、ロウエンに差し出した。自分も串に刺したままの肉を頬張る。熱い肉をはふはふ言いながら食べるのは久しぶりで、涙が出そうなほど美味しかった。

「美味いな」

ロウエンがぼそりと呟く。心からそう思っているように聞こえた。サーシャは笑顔になる。

「確かに城で食べるのとは違う」

「焼きたての鴨だから美味いんだ」

「しかしこれほど美味しいのは、君が捕ってここで焼いてくれたからだ。ありがとう」

ロウエンが彼にしては珍しいほど、屈託のない笑顔を見せる。その表情にどきりとする。

「もっと食べなよ。首の肉が美味いんだ」

サーシャは照れ隠しのように、ロウエンに肉をぐいぐいと勧めた。

城の庭の池のほとりで鴨を焼いて食べ、後で城に仕える者たちに何か苦情や嫌みを言われるのでは、とサーシャは身構えていた。毒味役を通さずに食べたので、叱られても仕方ないとも思っていた。

しかし城の者たちから表だって何か言われることはなかった。一番厳しそうな老家令からも、通りすがりに「鴨は実にいい匂いがしますな」と言われたくらいだ。

金串を返しに厨房に行くと、ふだんサーシャの給仕をしてくれる侍女リラが、「殿下は鴨を食べてくださいましたか？」と尋ねた。

リラはサーシャと同じくらいの年頃だが、幼い頃から城に仕えていて、ロウエンのことをよく知っている。「殿下はお食事に興味がないんです。作りがいがないと料理人たちも言ってます」と寂しげに言っていたこともある。

「今日のロウエンは鴨を美味しいって言ってた。焼きたては美味いんだよ」

リラはまん丸に目を見張る。

「確かにサーシャ様の髪や服からも、とても美味しそうな鴨の匂いがします」

「今度はリラにも食べさせてあげる」

「城のみんなにもご馳走してくださいます？」

リラの笑顔に力いっぱいうなずいた。

「もちろん」

サーシャはロウエンの許しを得て、再び城の池の鴨を狩った。庭で焚火をし、鴨を焼いて振る舞うと、居城中の人々が珍しそうに集まった。老家令は真っ先にやってきて、串に刺した肉を「めったにない美味ですな」と目を細めて食べた。

リラが籠に入れたパンを持ってきてくれ、焼いた鴨肉を挟むと、最初は遠慮がちだった人々が嬉しそうに寄ってくる。堅苦しい姿しか見たことがなかった人たちが、鴨肉を挟んだパンを頬張っているのを見るのは楽しい。

城の池の鴨を捕らえてその場で食べるなど、ラガンからの花嫁は行儀が悪いと言われるだろうか。サーシャは少し気になっていたが、陰で悪口を言われているような気配もない。むしろ居城に来た当初より、雰囲気が温かくなってきたような気もする。

それはレンも同じで、「サーシャ様が鴨を振る舞って以来、自分への態度が優しくなってきました」などと言っていた。

それだけ自分がロウエンの居城になじんできたということだろうか。今まで遠巻きに見ていた居城の人々が、サーシャに近づいてきてくれる。

サーシャが出来立ての温かい料理を食べたいことを知り、召使たちが厨房に近い部屋に、小さな食事用の部屋を作ってくれた。ロウエンとのふだんの食事はそこで摂れるようにという気遣いだった。湯気の立つ料理が出され、サーシャは目を輝かせた。

ロウエンがいない夜の食事のときは、かわるがわる人々が顔を覗かせる。話してみると、みなロウエンを慕っているのがよく分かる。日々執務に没頭する姿を心配していることも。

「少しは気晴らしでもなさるよう、サーシャ様から勧めてください」

老家令からも、そんなことを頼まれた。ここは許嫁の健康のために一肌脱ぐか、サーシャは計画を立てた。ラガンにいたときのような外遊びをしよう。そう思ったら、自分自身も久しぶりに外へ出ることが楽しみになった。

ロウエンは楽しんでくれるだろうか。

「遊びに行く？　なんのために」

案の定、ロウエンは質問してくる。

「遊びは遊ぶためだよ。城から森の奥まで行って、魚やキノコを採って、夜は天幕で寝る」

ロウエンは形の良い眉をひそめ、意味が分からないという顔をするが、サーシャは強引に話を進めた。

「行けば分かるって。オレが遊びの大切さを分からせてやる」

「明日はオレが殿下を遊びに連れていく」

サーシャは居城の人々に宣言した。老家令やリラ、城に仕える人々は驚きに顔を見合わせたが、やがてそれは笑顔に変わる。

「ぜひ楽しんできてください。お支度とお弁当をご用意します」

「天幕はあるかな？　いろいろ準備してほしいんだ」

召使たちが嬉しそうに準備にかかる。リラはサーシャにそっと「確か明日は殿下のお誕生日です」と言った。

「誕生日なら、王宮でお祝いをしないの？　王のためのお祝いはしたのに」

「ロウエン様の誕生日のお祝いは、王宮では行われないようです、残念ですが。この城でもロウエン様はお祝いはいらないとおっしゃいます」

俯くリラをサーシャは元気づける。

「じゃあ、明日の夜にオレが祝ってやる」

「では、お祝いのため、竜葡萄から造られた飛び切りのワインやケーキを入れておきます」

リラは弾むように厨房へ戻って行ったが、代わりに老家令が心配そうな顔でやってきた。

「ロウエン様は生誕のお祝いを嫌がられるのですが」

「でも、せっかくだからオレが祝ってあげる。きっと気持ちが変わるんじゃないかな。なんで嫌がるの？」

「ロウエン様が生まれた日に、母上がお亡くなりになったからでしょう」

一瞬、胸の奥に重いものが投げ込まれたような気がしたが、サーシャは明るく言った。

「ロウエンは自分を抑え込んでばかりで、楽しいことも遠慮して生きてるけど、オレは一緒にお祝いしたいんだ」

老家令は何か言いたげだったが、ふと表情を緩めた。

「サーシャ様なら、ロウエン様のお心を変えてくださるかもしれませんな」

馬車でも馬でもなく荷物を背負って歩いていくことを知り、ロウエンはまた眉をひそめた。

「森は木が生い茂ってるから、馬は向いてないんだ。歩くのが一番」

サーシャは言いながら、久しぶりに森のしっとりした落ち葉の感触や清々しい空気を思い出し、わくわくした。

「わざわざ行くほどのことか？」

「行ったら分かるって」

サーシャは天幕や釣り竿などの荷物を、ロウエンと自分に分けた。

「レンは連れていかないのか？」

「荷物は自分で持つ。料理も自分でするから。オレにまかせて」

ロウエンは無言になって歩きだす。あまり楽しそうではない。遊びを知らないロウエンに遊びを教えてやる、そんなことを居城のみなには言いながら、実は自分が森で遊びたかっただけかもしれない。サーシャはこっそり反省する。しかしロウエンには真逆のことを言った。

「外に出られてよかったね。天気もいいし。森へ行くのに最高の日だよ」

「……本当は今日中に片づけたい仕事があったのだが」

「今日中でなければ、誰か死んでしまうのか？」

目力を込めて、ぐいとロウエンの顔を見上げる。大きな雷竜の男がたじろいだ。

「いや、そんなことはない」

「デリンゲルが滅びてしまうほどの外交問題？」

「それほどではない」

「じゃあ、大丈夫。それは今日中でなくても大丈夫」

しかし……と口ごもったロウエンだったが、やがてふっと笑い出した。

「そうだな。今日絶対片づけないといけないものではない」

「今日は遊びの日だ。釣りをして魚を取って、外で星を数えるのが、ロウエンの仕事」

一日、サーシャと遊ぶ覚悟を決めたロウエンは釣り竿を手にした。それからは久しぶりに銅山で過ごした幼い日が蘇るような、楽しい時間だった。魚釣りをしたことのないロウエンのために、竿の使い方を教え、流れに向かって竿を振る。勢いよく魚が釣れると、ロウエンが目を輝かせた。

薪を集めて焚火をするのも、天幕を木の枝と枝の間に渡して張るのも、サーシャが何よりも得意としていることで、ロウエンに指示しながらあっという間に準備が整った。サーシャがロウエンに指示することなど、デリンゲルに来てから初めてで、サーシャはひそかに得意な気持ちになった。

ロウエンと釣った魚を木の枝に刺して焼き、リラが用意してくれたバスケットを開く。野菜のパイやチーズがきれいに詰められており、小さな瓶の竜葡萄のワインも入っている。そしてリラが用意してくれた特別な包みがあった。

焚火を前にし、ふたり肩を並べて食べた。

「はあ、美味しいし、楽しい。オレ、幸せ」

「君は森の中では本当に生き生きしている」

「ロウエンは楽しくないの？」

そっと表情をうかがうと、端整な顔にくつろいだ笑みを浮かべている。

「君との時間は楽しい」

サーシャは安堵の溜息をついた。遊びも悪くないと思ってもらえたようだ。そして、いよいよ内緒にしていたお祝いだ。

「さ、星を数えて。百個まで」

ロウエンは低い優しい声で訊く。

「星は何のために数えるんだ？」

「外で焚火をするときには、星を数えるものなんだ」

適当なでたらめを言っても、ロウエンは信じてくれているのか、追及しない。

ロウエンが空を見つめているうちに、サーシャはそっと砂糖の衣で覆われたケーキを取り出した。

「はい。お誕生日おめでとう」

ロウエンは目を見張る。サーシャの手のひらに載る小さなケーキを見つめるその表情が、複雑に揺らぐ。サーシャの心に不安が湧いた。やはり誕生日を祝うのが嫌なのか？

ロウエンの大きな手が伸びて、ケーキを載せたままの手首をつかまれた。

「……私は幼い頃から誕生日を祝われたことがない」

サーシャが大きく目を見張る番だった。自分で誕生日を祝うのを遠慮してるだけでなく、祝われたことがない？　王の息子として生まれたのに？

「一回も？」

「ああ、一度もない。私が生まれた日、母は産褥の床で亡くなった。普通の竜人であった母が雷竜である私を産むのはかなりの難産になった。母は私を抱くこともできなかったそうだ」

ケーキを持つ手が震えるが、ロウエンにぐっと手首を握られたままだった。

「雷竜である私は、生まれるときも雷電を発していたのではと言われていた。母が亡くなったのはそのせいではないかと――私は父に疎まれて、幼い頃からこの城に遠ざけられて育った」

「ごめん！　ロウエン！」

サーシャは思わず叫んだ。誕生日と言ったときの老家令の複雑な表情を思い出した。触れてはいけない傷に、自分はぐいぐいと指を突っ込んで広げていたのか？

「そんな悲しいことを思い出させたくなかったのに！」

「違う。思い出させてくれて、ありがとうと言いたい」

「でも……」

「誕生日を大切に思う気持ちを忘れていた。この世に産んでくれた母に感謝する日だったのに、もうずっとそんなことを思うこともなく過ごしてきた。母に伝えたい。ありがとうと」

本当にそう思ってるのか？　サーシャは腹の底が冷たくなるような不安がこみ上げる。ロウエンの黒髪がうねっている。心の中に湧き上がる思いそのものなのだろう。その中に自分への怒りもあるのか？

サーシャの心を読んだかのように、ロウエンは顔を上げて微笑みかけた。

「君にも言う。ありがとう」

ケーキを持ったままの指先に、ロウエンの唇が近づき、そっと口づけた。触れられたところがちりりと痺れる。熱くなる。心臓がどきどきと変に脈打つ。これが雷電の影響なのだろうか。

その夜は天幕の中で、初めてふたりで体を寄せ合って寝た。

「君は私に近づいても大丈夫なのだな」

心臓の妙(みょう)な動きはあったが、苦痛でない。

「このくらいの雷電なら、たぶん大丈夫だ」

「雷電？　発しているつもりはないが」

「でも感じるよ」

「そうか？」とロウエンは髪に手をやって、首をかしげた。

夜明けの光が差し込んで、サーシャは目覚めた。目の前にロウエンの顔があって、「ぎゃっ」と声を上げた。

「び、びっくりした」と言いながら、はっと気が付いた。

「もしかして、寝てないんじゃないの？」

ロウエンはそれには答えず、「睫毛(まつげ)が長いな。君はあどけない顔をして寝ていた」と言った。

そんな顔を見られているのは恥(は)ずかしい。それにだ。

「一晩中起きてたの？」

「君の寝顔を見ているうちに夜が明けた」

大きな雷竜の男が優(やさ)しい目をするので、な、なんだそれ、本当にそうしていたのか？　とまた朝っぱらから動悸(どうき)がする。

「朝から雷電は止めてよ」

「昨夜からそんなことを言ってるから、私も気になって眠(ねむ)れなくなった。夢にうなされて、雷電を放ってしまうこともあるから」

自分の身を気遣ってくれたらしい。朝の光がロウエンの整った顔の陰影を深くする。より色気が増して見える彼から、サーシャは目をそらすことができなかった。じっと自分を見つめながらロウエンは言う。

「森の緑と同じ色の瞳だ」

「故郷では孔雀石の色って言われてた」

彼は微笑んだ。

「その瞳で見つめられると、心が洗われるようだ」

「よ、よくそんなこと言えるな。恥ずかしくないのか？」

「思ったことを言ったまでだ」

ロウエンから伝わる雷電の影響なのか？　変な動悸は続いたままだった。

「今こそ、ロウエン殿下のお力が必要です。雷竜としての本領を発揮すべき危機ですぞ。どうかご決断を」

サーシャも見おぼえのある男が、しつこくロウエンを説得している。あれは王宮で会ったマグビズ将軍だ。でっぷり太った中年の男で、派手な軍装にきらきらする勲章をたくさんつけている。

サーシャはロウエンと将軍がどんな話をするか興味があって、居室の本棚の本を選ぶふりをして耳をそばだてていた。

マグビズ将軍はしきりにロウエンに雷竜として、獣人の国エギクスと戦うことを勧めている。飛竜軍団を率いれば、エギクスを攻め落とせるだろうと。

ロウエンは冷静な口調で返す。

「エギクスは今、内部で分裂している。君が攻めようとしているのは西エギクスのサックス王子のところか? 東エギクスのエデル王か。私はエデル王と手を組むためにラガンと同様に同盟を結び、王とラディアとの婚姻を考えているのに」

獣人国エギクスはひとつの国に見えて、内実は小国に分裂している。ラガンに攻め入ろうとしていたのはサックス王子の治める西エギクス。彼は東エギクスのエデル王の甥にあたる人物だが、王子自ら妖魔と契約し、一番小さい国だった西エギクスの軍が近年異様な力をつけたという。その西エギクスを抑えるために、ロウエンは東エギクスの王と同盟を結ぶことを考えている。

それらの政治事情はロウエンに教えてもらった。サーシャはロウエンが情熱を傾けている国と国との政治について、自分も同じように話ができるようになりたくて、一生懸命学んでいる最中だ。これまで自分は勉強嫌いだと思っていたが、ロウエンが教えてくれることは、不思議とよく理解できる。

「もちろん我らが敵は西エギクスですが、ラディア様はもともと敵対していた獣人がお嫌いだ。東エギクスへ嫁ぐことは承諾されますまい。我が王もラディア様が断れば、無理強いもされないでしょう。東エギクスは同盟を結んでも、すぐにも我らの敵となりますよ」

「私はデリンゲルがエギクスの内政に直接干渉するのは反対だ。東エギクスが西エギクスを抑えるように力を貸したいのだ。西エギクスが隣国ラガンに侵攻しないように、軍を派遣するのは認める。しかしこちらから攻め入ることは許さない」

「せっかく雷竜という勇ましいお生まれでありながら、我が軍の期待に応えるおつもりはないのでしょうか」

縦も横も幅の広い赤ら顔の将軍に、ロウエンは冷たい眼差しを向ける。

「雷竜だけで西エギクスが攻め落とせると思うほど、あなたは戦いの経験が少ないとは思われないが」

「ロウエン殿下こそ、ご自分の真価をご存じない。数百の竜が集まったよりも、雷竜の殺戮能力は凄まじいのです。雷竜がその真の力を発揮したとき、大地が震え、山は燃え上がり——」

「やめないか」

冷たい声でロウエンはさえぎった。サーシャはいつの間にか息を詰めて聞き入っていた。雷竜には、それほど恐ろしい力があるのだろうか？

「この王家に、しかも雷竜にお生まれになって、戦いをそれほど避けられるとは、竜人王の始祖も悲しまれますぞ。殿下は王宮で何と呼ばれているかご存じでしょうか」

「腰抜けの雷竜殿下だろう。臆病者とでも何とでも言え。私は戦いは好まない」

将軍は足音荒く出て行った。ロウエンは動かない。感情を乱されることすらなかったのか、髪がうねり出す様子もなかった。揺るぎのない姿勢に、サーシャはほっと息をつく。将軍の無礼な言いぐさに、自分の方が腹が立ってしまった。

エギクスの不穏な状況のため、ロウエンの居室の来客が増えている。竜人の貴族、大臣、軍人、騎士団長ウィルカの姿もあった。サーシャはロウエンと過ごす時間がますます減っている。時間が取れるのは食事の時間だが夜にも会議が多いので、一緒に過ごすのは朝食くらいだった。

朝食の席で、サーシャはロウエンの顔に疲れが見えないか探る。目の下に少し隈ができているようだ。まるで本当の嫁のようだと思いながら、彼を気遣う。

「ロウエン、戦争が始まるの？」

「そうしないために私は動いている」

明快なロウエンの言葉を聞くとほっとする。

「東エギクスのエデル王から、国境でデリンゲルとの会談を求める親書が来ている。事態は一歩進展している」

「うちの王様と？」

「陛下に行っていただきたいと思ってはいるが」

「ロウエンも行った方がいいと思うよ」

「もちろん私も行く」

それなら大丈夫かな、とサーシャは安堵し、母にも手紙を書いて知らせようと思った。

＊＊＊

「黄金になれない花嫁」が騎士団と剣の稽古をしていることが、王宮内での噂になっているとレンが教えてくれた。池の鴨を射落として食べていることも。きっと野蛮な嫁と思われているのだろうとサーシャは思った。

王の拝謁が始まる前、竜人の貴族たちがロウエンの隣に立つサーシャを見ながら、ひそひそと囁きあっている。

サーシャはロウエンの居城以外では剣を持ってはいない。それでも竜人の貴族たちは、サーシャの腰の辺りにあたかも剣があるかのように、ちらりと目を留めながら話している。

「騎士団との剣の稽古はかなり激しいものらしいですよ」

「まさか殿下の寝首を掻くつもりじゃないだろうな」

耳に入ってくる言葉を、サーシャは聞かなかったことにする。ロウエンを暗殺するなどとんでもないが、いちいち突っかかるつもりはない。自分の短気が、ロウエンが成し遂げようとすることの邪魔になってはならない。

デリンゲルとラガン、この二つの国の絆を固くし、獣人国エギクスとの和平を保つために、ロウエンがどれほど心を砕いているか分かってきたからだ。

一方で、この国に生まれた貴族のくせに、そんなことも分かってない者には腹が立つ。獣人の国を見下したり、好戦的なことを言ったりするのが竜人の貴族らしい振る舞いと思っている者も多いようだ。

「腰抜けの雷竜殿下」という侮蔑的な呼称を聞いたとき、サーシャは「黄金になれない花嫁」の呼び名を聞いたときよりも憤りを感じた。他国との外交、交渉、ロウエンが日々行っていることを笑うのは無知だからだ、そう思って我慢することにした。

王への拝謁の時間には、多くの人々がさまざまな請願を持って来る。王や主立った大臣が、それぞれの願いに耳を傾ける。ロウエンも熱心に聞いている。王族の伴侶に立ち会う義務はないのだが、サーシャはロウエンのやっていることが何でも知りたくて、この場にも陪席させてもらったのだ。

サーシャは請願者たちの中に、明らかに竜人でない者たちがいることに気がついた。彼らは僧侶の頭巾をかぶっており、竜人たちより背が低い。自分と同じ地の精だろうか、サーシャはじっと彼らの顔を見て、はっとした。地の精と違って頬が薄い毛に覆われている。

——獣人？

デリンゲルと獣人の国エギクスは関係が悪化している。このデリンゲルにわざわざやってくる獣人の僧侶？　何の目的で？　その姿をよく見ようとサーシャが身を乗り出したその瞬間、頭巾の者たちが一斉に走り出した。彼らが向かうのは王がいる方向だ。

悲鳴と怒声が上がる。衛兵や騎士がばらばらと現れて立ちはだかる。頭巾の者たちは僧衣から、鋭い刃物を取り出した。騎士のひとりの喉から真っ赤な血が噴き出すのが見え、サーシャは息を呑んだ。

頭巾の者たちと衛兵がもみ合う中、ひとりの頭巾の男が抜け出して、玉座に向かって走る。頭巾がずれ、褐色の狼の耳が見えた。サーシャは目をこすった。鋭い目から耳のあたりに黒い影のようなものがわだかまっている。あれはなんだ!?

王は玉座で銀の瞳を見開いたまま、固まっていた。左右に立つ護衛をかいくぐり、頭巾の男が王に向かって白刃を振りかざしたとき、鮮烈な紫に輝く稲妻が走った。サーシャもビリビリと衝撃を受け、痛みでその場にうずくまる。鋭い光が頭巾の者の背を打ったと同時に、激しく雷鳴が轟いた。

頭巾の者は剣を落として倒れた。間一髪で王は無事だった。

サーシャは体を一瞬走った痺れと痛みをこらえながら、振り向いた。稲妻はサーシャのすぐ隣から飛んだ。ロウエンだ。雷竜の彼が発したものだ。

ロウエンの瞳が爛々と光る。指先から雷電を放ったのか、長い指が王の方を指している。サーシャはその迫力に身震いした。これが雷竜の力なのだ。

王の周りにたくさんの人が集まっているが、王は無事なようだった。

「ロウエン様、ありがとうございます」

騎士団長のウィルカがやってくる。ほかの頭巾の者たちはすでに騎士たちに取り押さえられている。

「ひとり、やられてしまったか」

ロウエンは険しい表情のままだった。

「申し訳ありません」

「獣人か」

「そのようです」

ふたりが見つめるのは、頭巾を取られ、茶色の獣の耳を覗かせる男の姿だった。サーシャは目を凝らしたが、さっき、顔にあったと思った黒い影は見当たらない。

横で倒れている血に染まった騎士に目をやり、悲鳴を上げそうになって口を押さえた。顔に見覚えがある。

騎士団での稽古で直接対戦した騎士だった。まだ若い彼は自分より小さい対戦相手のサーシャを見て戸惑い、剣を交えるときは目が輝き、試合の後は人懐っこい笑顔を見せていた……。

その彼が目を開けたまま絶命している。

彼は二度と起き上がらない。彼が笑う日はもう来ない。

サーシャは震えながら、男のそばに進んで膝をついた。

「知っているのか？」

ロウエンが静かに訊き、サーシャはうなずく。

「……剣の稽古の相手をしてくれたんだ」

見知った人があっけなく死んでしまった事実に、サーシャの震えは止まらなかった。

「い、今のは、なんだっ！　なぜあのような者たちを城に入れた⁉」

ようやく声の出るようになった王の上ずった叫びが聞こえる。


夜が訪れても、サーシャは落ち込んだままだった。眠れない。若い騎士の苦しげな最期の顔が目に焼き付いたままだ。戦いで誰かが死ぬところを、サーシャは初めて見たのだった。

——騎士になりたいくせに、なんだよ！　戦場に行けばこんなことは日常だ。

自分を叱咤しようとしたが、上手くいかない。

血や死体が怖いのではない。命を持って笑っていた人が、突然冷たく、ものを言えない存在になる、それが悲しい。怖い。

竜人の体格に合わせた巨大なベッドの中にいると、恐怖が全身にまとわりつき、身も心も冷たくしていくようだ。サーシャはたまらなくなって、部屋の外に出た。もう皆寝静まっている時間だった。

暗い廊下を歩くと、一ヵ所だけ部屋の明かりが洩れている。ロウエンの部屋だった。思わず近寄ると、「誰だ？」と静かな声がした。サーシャはぎくりと立ち止まった。

「サーシャ、君なのか？」

サーシャは無言で扉に寄りかかっていた。急に胸の中に熱いものがこみ上げてきた。

「どうした？　入りなさい。眠れないのか？」

ロウエンが扉を開け、サーシャの手を取った。竜人らしく手の甲にかすかに鱗が残る手は、冷たいのかと思っていたが、大きくて温かだった。

「昼間の事件が衝撃だったのか？」

サーシャはかぶりを振った。否定したいのに、言葉が出ない。口を開けると涙がこみ上げてきそうなのだ。ロウエンに臆病なやつと思われたくないのに、いつものような強がりすら出てこない。

「あれは王を狙う暗殺者だ。妖魔に憑かれた獣人たちは人の命を奪うことも、自らの命を捨てることもなんとも思わないらしい」

「…………」

「王は無事だったが、ウィルカの配下のまだ若い騎士が犠牲になってしまった。それを悲しんでくれるのか？」

その言葉が引き金になったかのように、サーシャの目からぽろぽろと涙が零れた。

「か、悲しいし、怖い」

やっとこみ上げるものを言葉にした。

「こ、こんなことでは、オレ、騎士になれない」

「なぜ？」

「き、騎士になったら、戦場でもっと人が死んでるところを見て、こ、このくらいのこと、平気なんだろ？」

「平気じゃないさ。騎士であっても、私でも」

ロウエンの黒い瞳は穏やかに包むようにサーシャを見つめる。感情を表す髪にも、今は動きは見られない。

「私は君くらいの年で初めて戦場に赴いた。雷竜として己の雷電で一気に敵を倒し、意気揚々と初陣を飾ったつもりだった……自分の雷電で味方まで倒してしまったことを知るまでは。

私を気遣う騎士団の者たちから、戦場ではそのくらいの犠牲は当然だと言われた。しかし私にはそうは思えなかった。味方の命を奪ってしまった。そして敵もまた自分と同じ生き物であり、その死を嘆く家族や友人がいることに気づいた」

悲痛な思いが蘇ったのか、黒髪がわずかにうねる。

「そのときのデリンゲルは安易に戦いを選んだが、敵を倒さずに事態を鎮めることだってできたはずなのだ。当時、友軍としてラガンからも軍団が来てくれていた。そして君の母上に初めて会った」

母が話に登場して、サーシャは目を見張った。女王として実戦に出た経験があるのはレンから聞いていたが、初陣のロウエンと一緒に戦った間柄だったとは。

「苦しみ乱れる私の心をなだめてくれたのは、地の精の女王だった。戦場で私を天幕に呼んでくださり、女王は私に国を治めるための心構えを説いてくださったよ」

サーシャは茫然と聞いていた。母とロウエンがいつ知り合い、信頼関係ができたのかと思っていたが、そんな昔からだったとは。

「国と国との争いに正義はない。それぞれが自分たちの正義を主張するだけだ。戦の連鎖が止まらなくなる。際限もなく命が失われる。人が死なないように、国民の幸福を守るために、政治の中で戦いを回避することができる。それを目指せば良いと、教えてくれたのは君の母上だ。

国と国との間に条約や同盟を結んだり、それらの絆を強くするために婚姻という方法を取ったりもする。私の思うところを実現するために、政治に心を砕いているのだ」

低い声のロウエンの語りは、サーシャの心をそっと優しく撫でてくれているようだった。灯火を受ける鼻筋の通った凛々しい顔は真摯で、形の良い唇が誠実な言葉を紡ぐ。

「だから私は、戦いを避けてばかりいる臆病な雷竜と言われても構わないのだ」

「ロウエンは宰相として、戦わないための戦いをしてるんだね？」

サーシャはロウエンの目指していることが、やっとはっきりと分かったと思った。

「そう思ってくれるなら、嬉しいものだ」

ロウエンの深い黒い瞳がサーシャを捉える。見つめられると、今まで感じたことのない安らぎに包まれるようだ。

優しい気持ちになると同時に、何かが心の奥でざわめく。サーシャの中に、騎士より強い男の姿が焼き付いた。それは戦いを避け、雷電を抑えようとする黒い雷竜の姿だった。それは誰よりも凛々しく、気高く見えた。

――本当に強いのは、きっとこの人なんだ。

今までにない強い感情がサーシャを揺さぶる。ロウエンの力になりたいと思った。彼が彼の戦いをこの国で進められるよう、自分が護るのだ。さっきまで涙ぐんでいた深緑の瞳が力を取り戻した。

＊＊＊

ロウエンが望んでいた東エギクスの王との会談が、いよいよ国境で開催されることになるらしい。「後は陛下をなんとか説得するだけだ」と、ロウエンの顔がほころんでいると、サーシャも嬉しくなる。

夕食の時間、久しぶりにふたりでテーブルに向かい合った。リラが焼き立てのパイとスープを運んでくる。幼い頃から惰性のように続けていた毒味の習慣をロウエンは止めてしまい、サーシャは吹いて冷ますほど熱いスープを口にできるようになった。もちろん冷めたものよりずっと美味しい。

「やっぱりウィルカの剣にはかなわない。騎士団長だけあって、一番すごいね。しなやかで強い。剣が歌うように動く」

今日の騎士団での剣の鍛錬について、サーシャが食べながら興奮して語っていると、ロウエンは微妙な表情になった。

「ウィルカはそんなに強いのか」

「そうだよ。デリンゲル中でも、彼にかなう者はいないんじゃない？　素晴らしい剣技で、まるで舞のように美しいのに、あっという間に相手を倒してしまう」

まるで目の前に舞が見えるかのように、サーシャは深緑の瞳をうっとりとさまよわせた。

ロウエンが自分の顔を貪るように見つめているのにも気が付かない。

「そんなに美しい剣技なのか」

「もちろん。ウィルカは見た目も恰好いいし」

ロウエンの髪がうねり出してきたことに、サーシャははっと気が付く。何か怒らせるようなことを言っただろうか？

「明日、久しぶりに私もウィルカの剣を見に行こう」

「忙しいんじゃないの？」

「そのくらいの暇はある」

日々ロウエンのもとに人が押しかけている状況なのに。サーシャは疑問に思ったが、ロウエンにもウィルカの剣を見せたかったので、何も言わなかった。

翌日、竜人騎士団の修練場までふたりで行った。久しぶりに現れたロウエンを見て、騎士団の騎士たちは大騒ぎだった。慕われているんだな、とサーシャはその様子を見て嬉しくなる。ウィルカも満面の笑みでふたりを迎える。

「ウィルカの剣を見に来た。近頃いっそう腕を上げたそうだな。サーシャが素晴らしいと褒めたたえていた」

ん？　とサーシャは首を傾げた。ロウエンの声にも、言葉にも微妙に棘があるように聞こえる。ウィルカがはっとしたような顔をしつつ、剣を取る。ロウエンは腕組みをして見ている。

ウィルカは数名の騎士と模範試合を行い、サーシャはやはりウィルカの華麗な動きに目を奪われる。あっという間に決着がつく。

「ウィルカが強すぎて、面白くない」

隣のロウエンが呟く。

「じゃあ、オレがやるのを見てもらおうかな」

サーシャが出ようとするのを、ロウエンは押さえた。

「待て。私がウィルカとやろう」

ロウエンが進み出たのを見て、騎士たちがざわめき立つ。拍手する者もいる。ウィルカは「ロウエン殿下がお相手ですか……」と露骨に嫌そうな顔をする。

「私では不満か？」

「いえ、ぜひサーシャ様のお目に留まる試合をいたしましょう」

ロウエンが上着を脱ぎ、鎧の胸当てをつけて剣を取る。ロウエンの鎧の胸当ては闇夜のような黒だ。剣を構えた姿に、サーシャは身を乗り出した。ふだん執務室にこもる姿しか知らないが、剣を取るだけでその技量の冴えが分かる。

ウィルカはロウエンより素早い動きをする。ロウエンは静かな岩のような構えから、雷光が閃くような攻撃を繰り出す。どちらも上手い。サーシャは感嘆しながら見入った。ウィルカは剣の達人だと知っていたが、ロウエンも負けず劣らずの腕前だ。

「あのふたりは同じ剣の師匠のもとで双璧と呼ばれていたのです」

いつの間にかサーシャの隣に、騎士団の副団長がいた。しみじみと嬉しそうに試合を眺めている。

「ロウエン殿下はちっとも腕が落ちておられない。素晴らしいものです」

双璧の戦いはなかなか決着がつかなかったが、最後、ロウエンがウィルカの剣をたたき落とした。サーシャは大きく息をついた。

「少しは私を見直したか」

戻ってきたロウエンは少し得意げだった。

「うん、少しじゃなくて、かなり見直したよ。ウィルカと同じくらい強いね」

「強いだけなのか？　私の剣技は」

サーシャは考えて付け足した。

「ウィルカは舞のようだけど、ロウエンは雷が閃くような剣だった。どちらもかっこよかった」

「どちらも？」

ロウエンの顔に物足りなそうな表情が浮かぶ。これじゃ足りないのか、サーシャは慌てる。

「ロウエンの剣の方が強くて美しいね」

やっとロウエンが眉を開き、その後ろでウィルカは片目をつぶってみせる。騎士団の人々も笑みを浮かべて見守っている。

「じゃあ、ロウエン、次はオレが相手だ」

ロウエンが軽く目を見開く。しかしサーシャは自分の剣を取った。

「さ、来い！」

ロウエンの巨軀に向かって、サーシャは剣を突き入れる。すぐに剣でいなされる。はずみで体の左側に突っ込むように転がった。見ている人々の間から落胆の溜息があがる。それが耳に入り、すぐさま立ち上がる。

「もう一度」

ロウエンが呆れた顔をしても構わない。サーシャは剣を構えた。

騎士団長ウィルカと剣をかわすのも楽しかったが、ロウエンが相手をしてくれる、それは大きな喜びだった。なかなか一本取るのも難しい。取れたとしても、もしかしたらロウエンが手加減してるのかもと思うけど。

「手加減しないでよ！」

「手加減などしてない。見ろ。私だって消耗している」

確かに雷竜の男の額にうっすらとした汗が見える。対するサーシャはすでに汗まみれだ。それでも快い。ロウエンとする、すべてのことが楽しい。

「サーシャ様の粘り腰もなかなかのものです。最後は雷竜殿下がたじたじとなっておられました」

しつこく食い下がるサーシャの剣を、ウィルカが褒めてくれた。

＊＊＊

竜の姿は偉大で美しい。特に竜が飛ぶ姿は。サーシャは見るたびに思う。

竜人騎士団の騎士たちは地上では剣を取るが、空では竜の姿になり、隊列を組んで飛ぶ。一糸乱れぬ陣形を保つ飛竜を、サーシャは飽きることなく眺めていた。

しかし雷竜を見たことは一度しかなく、空を飛ぶところは見たことがない。ロウエンは竜の姿を取ることを好まなかった。空を飛んでほしいと頼んでみたことがあるが、笑いに紛らせて断られてしまった。

雷竜は別名覇王の竜ともいう。遠い昔、激しい雷電を浴びせ続けて国を征服することがあったというほど、雷竜の攻撃の威力はすさまじいものらしい。

今のデリンゲルでは雷竜はめったに生まれない。ここ数十年は王家の家系にはロウエンしか誕生していないという。強大な力を持つ雷竜は、生まれただけで王となるものとされていた時代もあったという。

「うわあ、こんなに竜が集まっている」

よく晴れた空の下、サーシャは叫んだ。今日はデリンゲル国中で収穫を感謝する祭りが開かれており、王は各地を竜の姿で飛翔し、祝福する。その出立の儀が行われているところだった。

今の王家には銀竜が多いという。王も妹の王女ラディアも美しい銀髪だ。竜のときの体色が人間の姿を取るときの髪色になる。

王に銀竜、白竜、青竜、灰竜、さまざまな竜人貴族が随行する。金属質の輝きを放つ鱗がきらきらと目を奪う。王宮前の広場に見たこともない数の竜が揃っていて、広場を見下ろす王宮のバルコニーで、ロウエンと並ぶサーシャは目を輝かせた。

宮廷楽師たちが華やかに笛やラッパで出立を祝う曲を響かせる。女官たちがバルコニーから、花を振りまいた。竜たちが赤や白やピンクの花を浴びている。

「ロウエンは行かないの？」

「収穫祭りのとき、雷竜は呼ばれない。銀竜は幸福の象徴と言われているが、雷竜は嵐を呼ぶとして忌まれている」

サーシャの心にずきりと棘のようなものが刺さる。雷竜がなぜ忌まれなければならない？

ロウエンが否定されると、まるで自分が否定されているような気がする。

「日の光の下の銀竜は美しいな」

銀竜王が飛び立つ。広げた銀の翼が光にきらめく。まずは銀竜の王が飛び立ち、次々と白や青の輝きが続いていく。ロウエンは夢見るような瞳で空を見上げる。しかしサーシャには竜の群れはそれほど美しくは見えない。

「雷竜だって恰好よくて綺麗だ」

サーシャの不満が口を衝いて出た。

「しかしこういう祝福の場所にはいられないのだ。黒一色で不吉で醜いからな、雷竜は」

「醜くない！　綺麗だってば！」

噛みつくように叫んでも、ロウエンは軽く首を横に振る。それでもサーシャは繰り返した。

「黒い鱗は甲冑みたいで、どんな竜より強そうだし、実際強いし、恰好いい。帯電して紫に光るところも綺麗だし」

「ありがとう」

ロウエンは飛竜が飛び回る空を見つめたままだった。

サーシャは心の奥底がじりじりと焼けつくようだった。綺麗と言っても、そう受け取ってもらえない？　自分の言葉は彼の心に届かないのか？

「慰めで言ってんじゃないよ？　オレ、ほんとにそう思うのに。雷電を落とすときは、黒い雲を呼んで、雷鳴が光るんだろ？　見てみたいよ。きっとすごい――」

鼻梁の高い整った横顔は表情を変えず、反応がない。

自分の言い方はつたない。だからロウエンにうまく伝わらない。馬鹿みたいだ。悔しい。

「オレはほんとに綺麗って言ってんのに！　なんで分かってくれないんだよ！」

結局ロウエンに対して怒鳴ってしまった。ああ、また癇癪を起こして、こんなんじゃオレ、いつまでたってもロウエンの――。

目の前が熱くにじんできた。

くそっ、こんなことで泣くなんて、子どもか？　ますます馬鹿みたいだ。

ぽろりと零れた涙をごまかそうとぎゅっと目を閉じた瞬間、強い腕に抱きしめられた。

心臓が跳ね上がる。ロウエンの胸に顔を押しつけられると、驚きに涙も引っ込んだ。カッと頬が熱くなる。

「すまない。分かっている。君の心は届いている。私が慣れてなくて感謝知らずなだけだ」

心臓がどきどきと鳴って止まらない。これまでにないほど激しい拍動だった。

「礼を言う。ありがとう」

耳元に唇が触れそうだ。耳も熱くなる。全身の血が燃えているのではと思うほど熱く、心臓の異様な鳴りが止まらない。

「サーシャ、その柔らかな心のままでいてくれ」

低い声が直接耳穴に落とされると、いっそうどきどきが激しくなってくる。

もしかして、これが雷竜の影響!?　胸に顔を埋めているので、ロウエンの顔が見えないが、髪がうねって帯電してるのでは？

サーシャはいきなりロウエンの胸を押して、ガバッと離れた。

「ど、どうした。いやなのか？……それならすまない」

サーシャは息をついた。まだ苦しさを感じるくらい、胸は鳴っている。目の前のロウエンの髪は、少しうねっているようにも見える。突き飛ばすように離れたせいか、どこか傷ついたような顔をしている。

「い、いやじゃない」

そのまま、少しずつ後ずさりする。

「いやじゃないけど、帯電してる？」

「興奮しているということか？　少しな。雷電を感じるのか？　発しているつもりはないが」

「ちょっと、心臓がおかしい」

ロウエンは困り顔のまま微笑(ほほえ)んだ。

「私の雷電のせいなのか？」

「分からないけど、でも止まらない。最近、よくおかしくなるし、今、急に胸の音が変になって、苦しくなった」

ロウエンは眉(まゆ)をひそめ、「一度、侍医(じい)に診(み)てもらった方がいいかもしれないな」と腕組みをした。

サーシャは居城の侍医に診てもらったが、「サーシャ様はどこをとっても健康そのものです」としか言ってもらえなかった。

「心臓だよ、心臓。ねえ、ほんとに雷竜の影響じゃない？」

ロウエンを子どものときから診ているという老侍医は、頑固な男で自分の見立てに絶大な自信を持っていた。雷竜についてしつこく聞くサーシャを、うるさそうにあしらう。

「ロウエン殿下のお体のことはわしが隅々まで知っております。ふだんの暮らしで、居城の者たちが殿下の雷電の影響を受けたことなどないですな。サーシャ様みたいな、どこも悪くない方になんの影響があるでしょうか」

「でも、オレは竜人じゃないもん。銅の精だから、何か悪い影響でも――」

「銅の属性なら、なおさら影響などないでしょう。金属の性質を受け頑健そのもののはず。わしは今まで竜人しか診てこなかったから、よく分かりませんが」

「でもデリンゲルに来てから、体質が変わったのかも。雷電のせいじゃないなら、何が問題？食べ物？　最近、心臓の動悸が激しいし、よく症状がでるよ」

「体質はそう簡単には変わらないものです」

「でもオレは雷電じゃないかと思うんだ。城のみんなは万一雷電を受けないように、ロウエンには近寄りすぎないようにしているっていうじゃない？　オレの症状もロウエンが近くに来るときなんだ。急にどきどきしたり苦しくなったり」

「殿下が近くに来るとき……？」

聞き取ったことを書き付けていた侍医は眉をひそめた。

「ほら、急に寄ってくるときとか。オレの頬とか髪とか触った瞬間に、どきどきっと」

「バチッと痛い感じですかな？　ビリビリッとくるとか火花が散ったりとか」

「いや、そんなのじゃなくて、心臓が激しく動きだして、どきどきとせわしなくなる感じ」

侍医は眉をひそめたまま、ふいにペンを止めた。

「失礼ながら、殿下とサーシャ様のご婚礼の儀はまだ？」

「まだ」

侍医は深い溜息をついた。

「それはよくある病です。ご婚礼を挙げる頃には治ります」

「そうなの!?　でも雷竜と結婚すると心臓が止まるってのを聞いたから、オレ、ちゃんと治療してから結婚したいんだけど――」

言いながら、サーシャは深緑の瞳を見開いた。結婚したい？　自分からそう言ってしまった！

侍医が難しい顔をする。

「雷竜との初夜に雷電を受けて死んでしまった花嫁の伝説はありますが、なんせ、殿下以外の雷竜をわしは診たことがありませんのでな」

「ロウエンだって興奮すると帯電するだろ？　それに戦場だと雷電で人が死んでる」

「戦場ではご自分の意志で雷電を放っておられるのです。興奮については、自制心の強い御方ですから、お相手に雷電を浴びせるなどないと思いますが」

と言いながら侍医は「初夜の雷電については、伝説が本当のことか、文献を当たってみましょう」と考えこみだした。サーシャは慌てて念を押す。

「オレの症状はロウエンの雷電のせいじゃない？」

「はい。心配なさらずに。動悸や胸の苦しさは雷電の影響とは別ものと考えます。そのままで大丈夫。そのうち治ります」

侍医の意味ありげな苦笑いが気になったが、サーシャにそれ以上のことを教えてはくれなかった。

侍医の診断で問題は解決したような、しなかったような。サーシャは老家令やリラ、召使たちにも訊いてみた。ロウエンが怒ったときに、多少の火花やビリッとくる痛みを肌に感じたことはあるという。

「ロウエンが怒っている時じゃなくて、普通の時なんだけど。ビリッと肌に感じるのじゃなくて、もっと心臓が胸の奥から出てしまいそうな、どきどきと激しく打ち出す感じなんだけど？」

サーシャはロウエンが近くに来たときの変な動悸について説明した。最初は首をかしげる彼らは、やがて妙に柔らかい雰囲気を醸し出した。

「それは……我々にはない症状ですね。でも侍医が大丈夫とおっしゃるから大丈夫」

そして笑みを浮かべながら去って行く。

——なんだよ、あれ。みんな、オレのこと、真面目に考えてくれてんのか？

サーシャは首をかしげた。

侍医に診てもらった話はロウエンの耳にも入っていた。夜、ロウエンの居室で話をしているときに、「今、どきどきはするかい？」と訊かれた。

「今はしない」

「じゃ、これは」

ロウエンが椅子にかけたサーシャに顔を近づけてくる。

「うわっ、何すんの？」

「胸の調子は？」

驚くほど澄んだ漆黒の瞳、くっきりした二重瞼、濃い睫毛、凛々しい眉、そんなものが一斉に迫ってくる。胸が一気に鳴り出した。

「やっぱりどきどきする……！」

「でも痛くはない？」

「侍医が言ったみたいに、ビリビリと痛いんじゃない」

「よかった。私が近づくだけで、雷電の痛みを感じるならどうしようかと思っていた」

「でも、この胸の変なのは、雷電じゃないの？　オレ、大丈夫かな」

同じく近くに迫っている厚めの形の良い唇が微笑む。近い。近すぎる。サーシャの胸の中で、春の村祭りの太鼓が連打されているようだ。

「銅の精なら雷電が大丈夫か、試してみないか？」

「どうやって？」

ふいに腕をとられ、向かい合って座るロウエンに抱き取られた。まっすぐな木の幹のような膝の上に座る形になる。

「ちょっ、なんだよ、これ!」

胸がどきどきどころではない。ロウエンの大きな手に優しく頬をなぞられ、胸から飛び出してしまうかのように心臓が鳴る。

「ロウエン、やっぱり心臓が――」

唇がゆっくりと近づく。心なしか彼の髪がうねり目が紫に輝き出しているようだ。帯電している。あまりの近さにサーシャは目を閉じた。どきどきが止まらない。やっぱりこれは雷電の影響……!

柔らかな質感に唇を塞がれた。サーシャの心臓は釣り上げた魚のように跳ね上がる。これはいったい……!

唇を重ね合うだけだと思っていたら、舌が唇をこじあけてくる。サーシャは震えながら迎え入れた。舌と舌が触れ合い、搦め捕られると、ビリビリではなく、ぞくぞくと痺れるような感覚が背筋を走った。

ロウエンの舌が優しく歯列をなぞったり、サーシャの舌の根まで吸いつこうとしたりするたびに、痺れの波がやってくる。

初めての口づけの間ずっと、その痺れは体を走り、腰の辺りに重く甘く溜まっていくようだ。

唇が離れたとき、サーシャは自分の体の中心が勃ち上がっているのを感じていた。座っているロウエンの膝の奥にも力強い硬さがある。

もう一度唇が寄せられる。今度はサーシャの方から唇を開いて迎え入れた。舌がまたサーシャの口腔内で暴れ出す。今まで自分を抑えていた何かを、ロウエンは手放してしまったのか。執拗なまでに角度を変え、何度も口づけては離すことを繰り返されるだけで、頭の芯がぼうっとなり、甘いものにじわりと満たされたようになる。

ゆっくりと大きな手がサーシャの体をなぞる。手のひらに服の上から撫でられるだけで、また痺れる感覚を味わう。直接肌に触れられたら、どうなってしまうだろう。

背中から腰を撫で、尻のあたりまで滑り落ちる。尻の丸みのところを、大きな手がいたずらするようにきゅっとつかんだ。自分の体の中を雷電が走ったようになり、小さい悲鳴を上げる。

「可愛い声を出すんだな」

「な、そんな、こと、ないっ」

「強がるところが、本当に愛らしい」

何を言うんだ、触んな、と言いたいのに、言えない。もっと触ってほしい。サーシャはロウエンの膝の上でもじもじと体を動かした。

「私の膝の上で、真っ赤になって、とんでもなくそそられる」

そそるだと！　言い返そうとしたとたん、尻にあった手がするりと股間へ移動した。

「あぁっ」

すでに硬くなっているところを、優しくもいやらしい手つきで撫でさする。触るな！　と一喝すべきかと思ったのに、こんなときに限って言葉が出ない。

「ここも感じてくれているようだ」

熱い声で耳元で囁かれると、ぞわぞわと背筋にまた走るものがある。大きな手に性器全体をもみこまれ、長い指が一番感じる部分を探るように蠢く。握りこまれてしまい、また声を上げてしまう。

「ひゃっ、ああっ、やあっ」

そっと筒形にした手がじっくりと上下に動いて責め立てる。

「あっ、ま、待って、で、でちゃうっ！」

「感じやすいんだな」

否定することもできず、腰が動いてしまう。ロウエンの手や胸から、初めてビリビリっとするものを感じたが、それすら気持ちよかった。自分がこんなに感じるなんて。

快感に追い立てられ、切羽詰まったサーシャはぎゅっと目をつぶった。

「っあぁ」

思い切り放ってしまい、脱力する。

自分を見つめるロウエンの瞳が雷光の紫に染まっている。髪もうねりを帯びていた。

「やっぱり私も興奮してしまったな。触れている部分が痛くなかったか？」

「痛くは……ない。なんか痺れるだけ」

この痺れは嫌なものではなかった。サーシャはロウエンの紫の瞳を覗き込んだ。これまでにない妖しい美しさの雷の色に魅入られる。

「オレ、あんたとだったら、心臓が止まってもいい」

思わず言葉が零れた。雷竜の男の目がいっそう紫に燃え上がる。

自分に向かってくる唇は運命そのもののように思えた。サーシャは目を閉じて、再び唇を貪られる。何も考えられない。受け入れることしかできない。そういうものがあるのを初めて知った。

初めてのキス。それだけでとどまらず、大きな手に優しくこすられ、絶頂まで導かれてしまった。その後、実はもうどうなっても、どうされてもいい、とサーシャは思っていた。しかし。

サーシャに向かって伸ばした手を、ロウエンはふと止めた。

「どうしたの？」

「君の母上に一度訊いてみたい。君と私が結ばれても大丈夫か」

「大丈夫じゃないかな」

「さっきは私も興奮が止められなかった。何かあってからでは遅い。君の母上ならご存じかもしれない」

快楽の余韻に身を浸しながら、サーシャはロウエンにしがみついたままだった。心臓が止まってもいい。口にした言葉は本気のものだ。しかし本当に雷電の衝撃で心臓が止まって死んでしまうのは嫌だ。生きているこの体で、ロウエンと続きがしたい。

そう思った自分に、サーシャは驚く。

＊＊＊

ロウエンの時間がある夜には暖炉の前で向かい合って、デリンゲルやラガンのことを話す。この国に来るまで、デリンゲルの地理にも歴史にも全く興味を見出せなかったのが嘘のようだ。ロウエンはサーシャの子ども時代の話を聞きたがった。女王のもとに引き取られる前、鉱山で暮らした頃の話だ。

銅の属性を持って生まれた自分を連れて、父やほかの土の精が坑道を降りたこと。初めて見た真っ暗な大地の内部。サーシャが指さしたところを掘ると銅や孔雀石がたくさん採れたこと。雨上がりの森のような、鮮やかな緑の美しい孔雀石の塊を持ったサーシャを、父が肩車してくれたこと。

懐かしい思い出が胸に溢れた。遠いところに置いてきた父はどうしているだろうか。なぜ自分が女王と結ばれることになったのか分からない、とはにかみながら言う、サーシャの目から見てもひどく遠慮がちな父。

「君の父上は素敵な方だな」

ロウエンに言われると嬉しくなる。

「一度でいいからラガンの王宮に来てほしかったんだけど、ずっと断られていた」

「ではこの城に来てもらえばいい」

「えっ、いいの？」

サーシャは思わず身を乗り出す。

「君が私と結婚していいと思ってくれるなら。その結婚式に」

そのまま唇が近寄ってきて、優しく重なる。ロウエンの手が体をなぞるだけで、全身が興奮で赤く染まる。そんなサーシャを見て、ロウエンは目を細めた。

「急ぐ必要はない。ゆっくり考えてくれ」

本当はゆっくり考える必要などない。サーシャの心の中で、すでに覚悟も気持ちも何もかも決まっている。

ロウエンが好きだ。

それが分かった。なぜ心臓が異様なくらいどきどきしたのかも、今は分かっている。そしてロウエンが自分のことを好きで尊重しているからこそ、待ってくれていることも。

これからどうすればいいかも、分かった。

自分からその手を取ればいいのだ。それだけでロウエンが自分のものになる。そう考えると覚えのある痺れが体を浸す。痺れは快感だった。早くぞんぶんにそれに溺れてみたいと思う。ロウエンならすべて許していい。オレのすべてを捧げていい。サーシャは祈るように心の中で繰り返す。

「君が私を望んでくれるなら」とロウエンは言う。

その言葉に応えたい。しかしその前になすべきことがあった。

「返事はちょっと待ってね」

従者のレンを通して、結婚の前に母の女王に訊いておきたいことがあるのだ。

雷竜との結婚で心臓が止まらないようにする方法は？

これが一番訊きたいことだった。母なら良い方法を知っていて、教えてくれるのではないか。

ユールがあれほど嫌がっていた竜人の国への政略結婚のはずが、こんな楽しく過ごしてよいのか。それも母の意見を訊きたかった。

本当はこの結婚で自分がなすべき何かがある……？

「オレ、馬鹿だから、母上が求めた役割をちゃんとやってるか心配で」

「君は馬鹿じゃない。……しかしこれはデリンゲル側の人間に言っていいことじゃないな。他国へ嫁ぐことは重要な外交手段であるとともに、諜報活動も可能にするのだから」

うっとサーシャは言葉に詰まった。確かに無邪気にロウエンに相談してしまった。母が求めるならロウエンから何か重要な機密情報を引き出して、それをレンを使って内密にラガンへ渡して……。

「無理だ、オレにそんな役割」

「君の良さはその率直さで、私はそこが大好きなのだ」

サーシャはまた、うっと言って顔を赤くした。最近のロウエンは不意打ちしてくるのだ。

「す、好きとか、いきなり言うな」

「前もって言うべきなのか？　ではもう一度言う。私は君の率直さが大好きだ」

「あ、ありがと……」

誉め言葉こそ率直に受け取っておこう、ひねくれたことを考えずに。サーシャは顔を赤くしたまま礼を言った。

「好きなところはそこだけじゃない。すぐ頬が真っ赤になるところは可愛い。無鉄砲に走り出すところも素敵だ」

本当にそれは素敵なのか？　サーシャの眉間にしわが寄ると、ロウエンは微笑んだ。ふだんの真面目な表情と異なり、ぞくぞくするほど恰好よく見える。

「気持ちが表情にすぐ出るところが一番好きだ。君の心が手に取るように伝わる」

またうっと呻くしかない。

「……今日のロウエンは変だよ」

「私も君にならうことにしたのだ。君は私にいつも心を差し出すように見せてくれる。私だけが受け取って、何も渡さないのは変だろう？」

「オ、オレ、そんなにロウエンのこと、好きって言ってないよ……」

「私には伝わっているよ」

ロウエンの微笑が深くなり、サーシャは頬だけでなく首のあたりまで真っ赤に染めた。

＊＊＊

ロウエンは塔の胸壁にすっくと立った。上背のある隆々とした筋骨の肉体を、日の光のもとにさらしている姿に、サーシャはうっとりと見入った。塔に吹き付ける風を受け、黒髪がなびいている。

サーシャは騎竜用のズボンを身につけ、たてがみや鱗を掴んでも大丈夫なように、革の手袋を嵌めている。

初めてロウエンが竜の姿の背中に乗せて飛んでくれるというのだ。今日がデリンゲルに来て、一番素晴らしい日になる予感がした。

ロウエンは注視するうちに見る見る黒い雲のように形を変え、小山のような雷竜の姿になる。

「うわあ、すごい」

一瞬一瞬のすべてを目に焼き付けておきたかった。黒雲のような形はどんどん凝縮していき、黒く輝く鱗を持つ竜となった。鱗は大きさを変えながら尻尾の先までみっしりと体を覆う。同じ漆黒のたてがみ、黒い大きな目がサーシャを見つめる。怖くはなかった。ロウエンだと分かるから。

この姿を彼自身は見たことがないのだ。それに気がつき、サーシャは雷鳴に打たれたように驚いた。薄い黒曜石のように輝く鱗に覆われた巨体、濡れたような鮮やかな黒い膜翼、精緻に作られた鎧の籠手のような脚と鉤爪。いくら見ても見飽きない。この美しさを彼自身に見せてやりたいと思った。

「乗ってくれ」

雷竜はロウエンの声で語りかける。サーシャは近づいた。背を曲げ、上りやすいように、脚を差し出してくれる。

冷たく見える黒い鱗は、硬いけれどじんわりと内部の生き物の温もりを伝えてくる。広い背にまたがり、ごつごつした鱗を脚でしっかりしめる。ロウエンに教えられたとおり、たてがみを摑んだ。

「いいよ！」

竜は翼を広げた。煽られた空気が風になって、サーシャの顔を打つ。痛いくらいの強さだけど、それも快かった。塔の屋上を蹴って飛び上がる。体が空に向かう衝撃、耳元で鳴る風の音、興奮が収まらない。サーシャは思い切り叫んだ。

青い空は広々と果てしない。下を見るとデリンゲルの王宮がおもちゃのように小さく、どんどん離れ、視界から消えていった。茶色い街はやがて緑の広がる村と畑になり、森に繫がり山脈となってせり上がる。川が生き物のようにくねりながら青く光っている。

山脈の向こうはたぶんラガンだ。反対側が獣人の国エギクス。

大地が一続きになっているのを見渡せる。竜の視点になれる初めての経験は、想像以上に素晴らしかった。見ているだけで心の中が晴れ晴れとしてくる。

「こんな景色が見られるんだね。デリンゲル中をあっという間に飛べるんだ」

叫んだが声は風に飛ばされて、ロウエンの耳には届かないようだった。それでもサーシャは叫び続けた。

「うらやましいよ、オレもずっと見ていたい。オレも飛びたい」

「飛んでるじゃないか」

ふいに大声が響く。

「私と一緒にいれば、いつだって好きなように」

そうだ、ロウエンと飛べる。これからも一緒にいることに、希望が持てる。それが空を翔けることと同じくらい嬉しい。

「オレ、ロウエンと結婚する！」

青い空に向かって叫んだ。その瞬間、竜の鱗から紫の火花がパチパチと一斉にはじけ飛んだ。

「うわっ！」

握っていたたてがみからバチッと痛みが走り、驚いてサーシャは手を離した。慌てて脚に力をこめたが、上体が大きくぐらついた。

脚だけで体を支えられずに、竜の背から滑り落ちる。ああっ！　と悲鳴をあげて虚空を掴む。ざあっと腹の底が空っぽになるような感覚が広がり、呼吸が止まる。

これまでの生きてきた時間が逆巻くのではなく、ロウエンの顔だけが浮かんだ。

「ロウエン！」

風を切って落ちていく体が、力強く硬いものに受け止められた。安心感で全身にどっと汗が出る。ロウエンが鉤爪ですくうように受け止め、傷つけないよう力を加減して掴んでくれている。

「びっくりしたよ。ありがと」

「すまない。嬉しくても帯電の火花が飛んでしまうな」

サーシャは安堵の溜息をつき、ロウエンの前脚の中から地上を眺めた。

地上に降り立ち、ロウエンと向かい合う。竜から人の姿に戻った彼は、いまだ興奮が残っているのか、髪が天に向かって波打ち火花をきらきら散らしているが、それも魅力的だった。

「さっき言ったことは本当だな」

「うん。オレ、誓うよ」

目を輝かせるサーシャに、ロウエンが顔を寄せる。

「私も誓おう。君と一緒にいる未来を」

「ロウエンはオレでいいの？ 黄金になれないままのオレで」

「まだそんなことを気にしているのか？ 私の愛らしく美しい銅の精は？」

「やめろよ、恥ずかしい」

「今の君は銅の光に輝いてる。実に美しい」

照れるサーシャに構わず、ロウエンは微笑む。

「瞳は孔雀石の深緑、いつも元気いっぱいで前向きな君が、私の手をとってくれる。その君に私の心を預けたい」

ロウエンに肩を引き寄せられ、サーシャは目を閉じた。唇が重なる。胸が鳴るのは雷電の影響ではなく、彼を想う自分の心の高鳴りだと、今では分かっている。

＊＊＊

雷竜の姿のロウエンと飛んだ日の午後、見たことのない男がロウエンの居城を訪問してきた。サーシャはロウエンのそばに座った。

「西エギクスとの国境、ライン辺境伯のワイラードと申します」

まだ若い灰色の竜人だった。背が高く整った顔立ちで、立派な風采の男だ。

「私がロウエン、こちらは許嫁のサーシャだ」

「伺っております。ラガンからお越しになったのですよね」

サーシャに挨拶するワイラードには、「黄金ではない花嫁」を見下すような視線は感じない。しかし、サーシャは心がざわざわと落ち着かない。ロウエンと一緒にいるときのどきどきと、このどこか心を冷たくするざわざわは全く違っている。

サーシャの胸騒ぎは、「できればお人払いをお願いしたいのです」というワイラードの言葉で、いっそうひどくなる。ロウエンをひとりで対面させても、心配はない。刺客に襲い掛かられても、ロウエンの方が強いことは分かっている。

それなのに、この不安は……そのとき、ワイラードの顔が奇妙に翳ってみえた。サーシャは目をこすった。影が差したのは一瞬で、今はなんともなく見える。

「サーシャは外へ行っていてくれ」

ドを見た。

ロウエンの言葉にうなずいて、サーシャは退出する。部屋を出るとき振り返って、ワイラー

ゆらめくような黒い影が右目辺りを覆っている。サーシャは声を上げそうになったが、慌てて呑み込んだ。

――あの影は何？

扉を閉めたが、耳をぴったりくっつけて、中の話し声を聞く。西エギクスとの国境、妖魔と手を組んだというサックス王子が攻撃してくるあたりの話らしい。不穏な情勢を報告しているワイラードだが、やけに冷静な声だった。

「妖魔と手を組んだサックス王子が、すぐにもデリンゲルの王都に向かって攻め入ってくる可能性があります」

「君はその情報をどこから手に入れた？」

「西エギクスの宮殿に間諜を放っております。確かな情報です」

「君はなぜ、この情報をデリンゲル王に報告しないのだ？」

「ロウエン様から、陛下にお伝えし、お手柄となさってください。私めは、殿下のお役に立ちたいだけでございます」

「これまで私は君に会ったことはなかった。先代のライン辺境伯は、兄上のところにしか伺候していない。なぜ今になって、私のもとへ来る？」

穏やかな口調だが、ロウエンは本音を言うように促す。

「私はロウエン殿下に賭けてみたいのです」

扉の外で耳を澄ますサーシャは緊張した。この男は何を言い出すのだろう？

「私に何を賭けるというのだ」

「雷竜殿下は覇王になられる存在。そう思いませんか。雷竜殿下はこの竜人の国デリンゲルを統べる力がある」

サーシャは深緑の目を見張った。胸のざわざわははっきりした不安の塊になる。ロウエンはどう答える？

「いきなり何を言い出すのだ」

「我ら辺境に住む者たちの思いです。中央でふんぞり返るだけの銀竜の王と違い、雷竜殿下は辺境の政情にお詳しく、我々の状況を把握してくださる。日照りのときには雨も連れてきてくださった。我々辺境に住む者はあなたをお迎えしているうちに、この国を統べるのはあなたであるべきだと確信するようになったのです」

ワイラードの声に危うい熱狂はない。しかし、あまりにも不穏で危険な発言だった。ロウエンを覇王に？　この国を統べる？

「私はそのようなことは望まない。これまで通り王を補佐する役目でいるつもりだ」

ロウエンは冷たく返す。しかしいら立ちが声ににじんでいる。

「殿下はこのままでよろしいのですか？　あなたはこの国の民の幸福を望むとおっしゃってくださったではありませんか」

「それを叶えるために努力しているつもりだが」

「このままでは王の陰に隠れ、あなたの理想は実現しない」

「君は西エギクスの危機を伝えに来たのか？　私に王から離反することを勧めに来たのか？」

「両方です。エギクスを打ち破った者は、この国の王となるべき存在」

「危険な考えだ。エギクス全体が敵ではない。それに私だけであの力ある国エギクスを打ち破れると思うのか」

「あなたは雷竜、それを可能にする力をお持ちです」

ロウエンの姿は見えないが、声音に怒りを感じる。髪が逆立ってきていないだろうか。サーシャは部屋へ飛び込んだ。

いきなり扉が開いて、ふたりがぱっと顔を向ける。思ったとおりロウエンの髪がうねり出していた。

「あ、あの、ロウエンにお、お客様が……」

口から出まかせの嘘だったが、ロウエンの表情が平静なものに変わり、髪がもとに戻る。

「それはすぐに行かなければ。申し訳ないが失礼する」

ロウエンはさっさと部屋を出る。

「殿下、私は諦めませんぞ！」

ワイラードが声をかけるが、ロウエンは振り返りもしなかった。サーシャはひとり残されたワイラードの顔を見るが、その表情は暗くなっていてよく分からない。影になっていて……。

——影？　部屋はこんなに明るいのに。

光の加減ではない。ワイラードの顔全体が黒い影に覆われている。サーシャはひっと息を呑んだ。

「私の姿が見えているのか。孔雀石の眼か。雷竜殿下にそんな護りがついているとは」

今や整っていたワイラードの表情はすっかり影に覆われ、酷薄そうな口元だけが見える。孔雀石の眼というのが、自分を指しているのは分かる。

「オレが護り？」

「孔雀石の眼を持つ者は魔除けの力があるというが……私の本当の姿が見えるとは邪魔だな。殿下の周りから消えてもらいたい」

さっきまで感情を感じなかった冷たい男が、燃えるような強烈な悪意を放っている。サーシャはたじろいだ。

「あんた、誰？」

足元がふいに崩れていくような不安を覚えた。

「殿下は雷竜だ。雷竜は本能のままに力を振りまいて生きるのがふさわしい。あの体、あのすさまじい能力を我らのために使っていただきたい」

「我らって誰？　あんた、妖魔なの？」

ワイラードは笑って答えない。しかしサーシャは、目の前の男が妖魔に取り憑かれているのではと思った。生き物のように蠢く黒い影が、この男を支配しているのだ。

「ロウエンはあんたの好きなようにはならないよ」

「孔雀石の眼、お前、殿下に私のことを言うなよ」

ワイラードの顔全体が黒い炎のような影に揺らめく。たじろぎながら、サーシャは声を振り絞った。

「ロウエンに手を出すな」

「殿下に私の正体を言ったら、容赦なく手を出す。西エギクスを焚き付けて、さっさとこの城を焼き尽くし、城にいる者を皆殺しにしてやろう」

ただの脅しには聞こえなかった。近づいてきた男から後じさろうとして、サーシャは壁際に追いつめられた。

「殿下の心を和らげるな。温めるな。孔雀石の眼。雷竜は孤高の存在として、我らが暗黒に君臨していただくのだ」

影の中から深淵のような目が、こちらを見つめている。真の暗黒に触れ、サーシャは震えた。

「サーシャ、どうした?」

肩を揺すられて、サーシャははっと気が付いた。目の前にあるのは闇ではなく、同じ黒でも温かさを感じる美しいロウエンの瞳だ。

「さっきは助かった。ありがとう。だが、戻ってみたら、こんなところに座りこんで……どうした?」

サーシャは壁際にへたり込んでいた。

「あ、あの人、誰？」

「ライン辺境伯というが、父親のライン辺境伯はわざわざ私に会いに来たことなどなかった。なぜあの男が私のところにやってきたのか分からない。いきなり謀反を勧めてくるなど、あの男、何者なのだろう」

ロウエンに言いたい。あの男の正体を。おそらく妖魔に取り憑かれている。

〈私の正体を言ったら、容赦なく手を出す〉

最後に言ったときの男の異様な迫力を思い出し、サーシャは再び震えた。冗談とは思えなかった。ロウエンやこの居城の人たちを、あの男の思惑に巻き込んではならない。

「さっきは私を護ってくれたんだな」

ロウエンも屈みこんで、サーシャを抱きしめる。熱い腕が体に回され、そのぬくもりに心からほっとする。

――あったかい……。

そのとき、冷たい声が脳裏に蘇る。

〈殿下の心を和らげるな。温めるな〉

あれはどういう意味なのか。ロウエンの心を固く、冷え切ったものにしたいのか。

〈雷竜は孤高の存在として、我らが暗黒に君臨していただくのだ〉

「サーシャ、早く正式に王の前で結婚式を挙げよう」

ロウエンが耳元でささやく。

「君がいつでもいつまでも、私のそばにいてくれるように」

ちりりとロウエンの髪から火花が散る。ロウエンと一緒にいるときの、甘く痺れるような感覚が戻る。

「本当に私のものになってくれるね」

最後の不安のひとかけらを振り払うように、サーシャは「うん」とうなずき、ロウエンの首に固く腕を回す。

＊＊＊

奇妙な男ワイラードが去ってから数日、サーシャは緊張して、ロウエンの周囲を見回っていたが、怪しい気配は特になかった。

暗い影に覆われた男の記憶は、思い出すたびに心をざわめかせたが、少しずつ気持ちも治まってきた。

サーシャと正式に結婚する。ロウエンが城の者たちに告げると、万歳を叫ぶ者、拍手する者、祝福する声がはじけた。

「お祝いを申し上げます」

リラが庭の花を抱えて、笑顔いっぱいに駆け込んできた。レンも嬉しそうな顔をしている。

この城のみんなは自分たちを祝福してくれる。花を受け取るサーシャの顔もほころんだ。

しかし結婚の前に、確認しておきたいことがひとつあった。サーシャはレンに、ラガンの母への質問の手紙を託した。すべての大地の子を知る母なら、きっと知っているはず。

〈銅の属性である自分と雷竜のロウエンが結ばれても大丈夫か?〉

「できる限り早く行って、早く帰ってきますよ」

レンは頼もしい言葉を残して、ラガンに向かって旅立った。

サーシャは凛と頭を上げて王宮を歩いていた。今日も忙しく人を迎えているロウエンの名代として、王に領地から届いた林檎を届けに来たのだ。籠に盛った林檎を老家令と召使が抱えて、後ろに従う。

長い睫毛の下の孔雀石の瞳が輝き、銅色の髪との対比が鮮やかだ。そばかすのある生き生きした顔は、薔薇色に照り映えている。

――結婚だあ。

ロウエンと結婚する。考えるだけで、つい笑みが浮かんでしまう。幸せな気分はサーシャの生来の愛らしい顔立ちを、いっそう魅力的に見せていた。

王宮の人々がざわつき、驚きの目を向ける。

「雷竜殿下の黄金になれない花嫁は、あんな綺麗な顔をしていたか？」

「結婚して磨かれれば、銅でも光るということか？」

なんとでも言え、と心の中で呟きながら、サーシャは微笑を浮かべて歩く。

ロウエンが好きだ。

それだけで自分は幸せになれる。黄金じゃないと言われ続け、自分は何の値打ちもないと思っていたけれど、ロウエンが自分に価値を見出してくれた。

「ついにご婚礼ですか！　おめでとうございます」

騎士団長のウィルカが、目を輝かせて寄ってきた。騎士たちもサーシャを取り囲んで口々に祝いを述べる。ひとりずつに礼を言っていたサーシャは、視界の端に、禍々しい黒い影がよぎるのを感じた。

視線をやると、灰色の髪の背の高い竜人の後ろ姿があった。その頭のあたりに黒い影がこびりついている。後ろ姿なのに、じっとこちらを見つめているような気がした。サーシャの背筋にさっと冷たいものが走る。

「あ、あの人は？」

「ライン辺境伯のワイラード殿です。近頃、王の近くでよく姿を見かけます」

やはりロウエンに王への離反を勧めていたワイラードだった。王に近づく理由はなんだ？　サーシャはワイラードを追ったが、その姿はかき消すように見えなくなった。ウィルカのところに戻って尋ねる。

「ワイラードはなぜ王の近くに？」

「西エギクスの状況を伝えるために王都へ上ってきたらしいのです。……場合によっては西エギクスとの戦になるかもしれません」

ウィルカは心配そうだった。

「ロウエン殿下は戦を回避するために、東エギクスのエデル王と協議し、和平条約を結ぼうと画策していらっしゃるが、王のお考えが開戦に傾けば、戦になってしまいます」

「ウィルカはどう考えているの？　戦争になったら、ウィルカも出陣しなくてはならない」

「もちろんそうです。避けられる戦いは避けたい。無用な血は流したくない。殿下が願うように東エギクスのエデル王と和平を結び、妖魔派の西エギクスのサックス王子を囲んで押さえ込むのが一番だと私も思っています。しかしこの国にはエギクス全土を我が国の領土としたい考えを持つ一派もいます。マグビズ将軍などその典型です。さっきのワイラードは将軍のところにも姿を現しているらしい。不穏な動きが広がっています」

サーシャはぞっとした。ただの戦いだけじゃない、恐ろしい陰謀が起こっているのかもしれない。あれは妖魔だ。ロウエンは断ったが、誰もワイラードの正体を知らないまま、戦いへの欲望を焚き付けられているのかもしれない。

——ワイラードが妖魔派だとしたら、この国の主立った人たちに妖魔を取り憑かせようとしている？

ワイラードのことが気になりつつも、サーシャは王の前に立った。苦手だった王の前に出ても、引け目を感じることなく堂々と振る舞えるようになった。

「領地から届きました初物の林檎でございます。ロウエンの名代として届けに参りました」

王に丁寧に頭を下げる。王が結婚を断ってくれたおかげで、ロウエンと出会うことができたのだ。今はその尊大な顔を見ても、感謝の思いが湧いてくる。

——ありがとう。すっげえ嫌な人と思ってたけど、オレとの結婚を断ってくれたから今がある。ロウエンとオレを結びつけてくれたんだから、恩人だ。

「そなた、ずいぶん雰囲気が変わったな。器量が良くなった」

王の目が意味ありげに光ったが、頭を下げているサーシャは気づかなかった。

「おかげさまで息災に過ごしております」

「ロウエンとついに婚礼を挙げたのか？」

そんなことも聞いてないのか、自分の弟なのに、と思いながらも、サーシャは笑顔で答えた。

「もうすぐ行います」

王の目がまた不穏にぎらつき、さすがにサーシャも王の表情の奇妙さに気がついた。

――オレ、何か変なことを言っただろうか？

王の変な懸念を解くためにも、早く結婚した方がいいのだろうけど、サーシャは母に出した手紙への返事を待っている。それを確かめてから、ロウエンと結婚したい。

「ずいぶん幸せそうだな」

王の言葉にはっと我に返る。自分の考えに没頭していたことに気がついて、再度深々と頭を下げる。

「すべて王のお恵みのおかげでございます。王の治世の長からんことをお祈りいたします」

とりあえずそう言っておけば大丈夫、とロウエンから聞いていた決まり文句を口にしたが、王が自分をじっと注視しているので落ち着かない。

「あ、あの、陛下、ひとつ質問してよろしいでしょうか」

王はサーシャから視線を離さずにうなずいた。

「陛下はライン辺境伯を何のためにおそばに置かれるのですか」

「なぜそなたがワイラードを知っているのだ？　あれはエギクスの状況を報告してくれる得難い人材だ。エギクスとの戦いに備え、マグビズ将軍と策を講じてくれている」

「エギクスとの戦い⁉」

サーシャは大声を上げてしまったが、王は平然としている。

「いかにも。ワイラードはエギクスについての報告だけでなく、攻略について進言してきた。もっともな策であるため、マグビズとともに実施について動いておるのだ」

サーシャははっと気が付く。ロウエンの計画はどうなるのだ？

「東エギクスの王との会談はどうするんですか？」

「会談？　東も西も両方を攻め落とせば良いというのが、ワイラードの計画だぞ」

サーシャは王の顔に必死に目を凝らした。自分が魔除けの力を持つ孔雀石の眼を持っているなら、妖魔の存在が見えるはず。王にもワイラードと同じような妖魔が取り憑いているのではと思い、黒い影を探す。

「何を熱くこちらを見ておるのだ。私のことがそれほど気になるのか？」

急に王が照れ笑いのようなものを浮かべるので、ぎょっとした。何か誤解を与えてしまったようだ。

「いえ、そのようなつもりは……」

「そなた、政治にも関心があるのか？　それは良い傾向だ」

何が良い傾向なのか分からない。王の視線の熱が薄気味悪く、サーシャはそれ以上ワイラードについて訊くことができずに退出した。

王の計画をロウエンに知らせなければ。老家令たちを急き立て、居城へ急いで戻った。ワイラードが王に近づきすぎていることも。

しかしあのときのワイラードの脅迫を思い起こす。ワイラードの正体を先に言うべきか、王がエギクスと戦おうとしていることが先か。

「サーシャ、何かあったのか」

口を開こうとすると、ばたばたと複数の人間が走ってくる慌ただしい音がした。

「ロウエン殿下！　サーシャ様！　王からおふたりにお召しが」

走って知らせにきた居城の者たちが、息を切らしている。

「兄上が何の用なのだ？　さきほどサーシャがご挨拶に伺ったばかりなのに」

サーシャの胸が不安に轟いた。王がふたりを呼び出す意図はなんだ？

「ロウエン、陛下はエギクスと戦争をするつもりみたいだ」

サーシャの言葉にロウエンは愕然と目を見開く。

「本気でそう言っておられるのか？」

「ここにも来ていたライン辺境伯とマグビズ将軍が計画していて、陛下はそれがいいと思ってるみたい……」

そしてそのライン辺境伯は妖魔に――と言おうとしたが、王からの使者がさえぎった。

「一刻も早く王のお召しに応じていただきたい」

　まるで罪人のように王からの使者たちに急き立てられ、サーシャは再び王のもとへ行く。今は隣にロウエンがいるから、少しだけ気分が楽だ。しかし使者の目があるので、ワイラードと妖魔のことをロウエンに伝えられない。

　王宮へ入ると、侍従たちだけでなく、武装した多くの騎士や衛兵に囲まれていて、不安がこみ上げる。そして中心に銀竜の王の尊大な姿があった。

　銀竜の王は整った顔に異様な笑みを浮かべ、サーシャを上から下まで熱のこもった視線で見つめている。その舐めるような視線にサーシャは困惑した。

「兄上には本日は私がご挨拶すべきところを失礼しました。サーシャが名代を務めてくれましたので」

　王には弟の言葉は耳に入っていないようだった。

「さきほどサーシャから、まだそなたたちが結婚していないと聞いた」

「近々結婚するのです」

「いや、その話だが、私も考え直した」

　サーシャはぞくりとした。エギクスとの戦いの話をするのではないのか？　こちらを見据える王の目が怖い。

　ロウエンがサーシャの前に出た。幅広い背中で、銀竜王が見えなくなる。

「西エギクスからの侵攻が近ごろまた増えていることを憂慮している。不安定な国境の情勢をこれ以上悪化させないため、ラガンとの絆をさらに深くすべきと考えた」

ロウエンの顔が見えないだけに、不安がこみ上げる。王は一体何を言い出そうとしているのか?

「よって、当初のラガンとの盟約の通り、ラガンの第三王子サーシャを私が娶ることにした」

サーシャはあっけにとられた。目の前のロウエンの後ろ姿は、表情は見えなくても黒髪がうねり出すのが見える。まずい、と思ったサーシャはロウエンの服を引っ張る。しかし彼は振り返らず、王に向かって厳しい声を張る。

「お言葉ですが、サーシャは私の結婚相手とお認めいただいたはず」

「誰がそれを認めたと言った?」

「ですが、あのとき――」

「あのときはそのつもりはなかったが、今は正式に私の妃として迎える。それがそなたの望んでいるラガンとの同盟の政策に合致するであろう?」

今ごろ何を言い出すのだ……。怒りに体が震えてくるが、目の前のロウエンの後頭部から背中にかけて、怒りが小さな紫の火花になって散っている方が心配だ。

「そなたにはデリンゲルの貴族の姫を結婚相手として授けよう。どんな女性でも望み次第だぞ」

「デリンゲルの姫との縁談など無用です。私はサーシャと結婚します」

ロウエンはきっぱりと言う。

「しかし、ラガンの王子は違うのではないか？　さきほども政治に関心のある様子であった。このたびのことも、女王である母君から言われてきたのだろう。国のために嫁ぐと」

ロウエンの背中に緊張が走る。見ているサーシャは不安にぎゅっと胸が痛くなった。母は確かにデリンゲルの王のもとに嫁ぐように言った。しかし初めてこの国に来たとき、王は銅の精である自分はいらないと言った。言ったじゃないか……。

「銅の属性であるオレ、いえ私は王の隣に立つのは難しいと考えます。デリンゲルに来た日にそれに気づきました」

サーシャは必死に考え、失礼にならないと思う言葉を口にした。

「王にふさわしい金の属性ではない私は、王弟のロウエン殿下を伴侶としたいのです」

言えた……！　なんとか自分の言いたいことを。しかし王は聞く耳を持たない。

「それは許さぬ。双方、自分本位の考えを捨て、デリンゲルとラガンの絆を考えろ」

サーシャは茫然とした。なぜ今、王が自分との結婚を言い出したのだ？　そこにもワイラードの影があるような気がした。これを断れば、ロウエンは王に背いたと見なされないか？

しかしどんな状況が待っていようと、今さら王と結婚するつもりはない。

ロウエンにすがりたいがサーシャは我慢していた。しかしロウエンはすぐ振り返って、サーシャを強い腕で抱きしめた。サーシャもその背中に強く腕を回す。

「もともとの婚姻の約束は私とのことであった。ロウエンはまだ正式に娶っていないので、婚姻の権利は私にあるはずだ」

尊大な王の言葉に、また人を犬猫でも譲れと言うように……と、サーシャは唇を噛んだ。

「王はあのとき、『黄金の君』の第二王子ではない花嫁は娶らないとおっしゃいました。そのときに権利を手放されたのでは」

丁寧に説明しようとするロウエンだったが、いら立った様子の王がさえぎった。

「そなたたちは結婚していない。私が正式に婚姻を結ぶから安心せい」

「安心するわけないだろ！」

言葉に気を遣うこともできず、サーシャは叫んだ。

「あんたと一緒にいて安心できるなんて、よっぽどおめでたいやつだよ」

しまった、いけない、と思いながら、自分の口を封じることができない。

王の目にちらりと怒りがひらめく。

そうだ、気にくわないなら、さっさと追い出してくれ。いない者にしてくれ。

サーシャは深く頭を下げる。デリンゲルを追放されたら、騎士でもなんでもいいから身をやつしてロウエンのもとに戻ってやる。

「威勢の良い花嫁だな。それも可愛かろう」

王は怒らずに嫌な笑みを浮かべている。おかしい。王に何があったのだろう。サーシャはいくら考えても納得のいく答えを出せなかった。

今ごろ、自分のことが好きになって執着するなどというのか？　それともロウエンから自分を奪うのが面白いのか。それとも何か取り憑いている？　妖魔の影をまたその顔に探す。

「何度でも主張します。サーシャは私のものです」

ロウエンと王の間には火花が散るような緊張が走った。険しい顔をしたロウエンの髪がうねり出す。

「私に逆らう気か？　王に背く者は罪に問われるぞ？」

「王としておわきまえください。人の花嫁を奪うような王として、この国の歴史に残りたいのですか？　私はサーシャを渡しません」

「奪うのではないと言っておろう。正当な権利だ」

何を言っても聞く耳を持っていない、サーシャは絶望を感じた。このままではロウエンが罪に問われてしまうのではないか。

王の隣にいる侍従、護衛の騎士たちは王の意志を尊重するだけだろう。初めに王がサーシャのことをいらないと言ったときも、彼らは容認した。

「ワイラードに何か言われたんじゃないのか？」

必死にサーシャは王に問いかけたが、軽くあしらわれた。

「ライン辺境伯は関係ない。これは私の要望である」

しかし、王の目には異様な光があった。その中にあの怪しい黒い影がひそんでいるのかもしれない。じっと見つめるサーシャの視線から顔を背け、王はロウエンに命じる。

「ロウエン、そなたはサーシャを置いて城へ帰れ」

「お断りします」

「オレもいやだ！」

サーシャは叫びながらロウエンに抱きつこうとしたが、玉座を下りてきた王に腕を掴まれた。

騎士たちが剣を抜き、たくさんの衛兵がロウエンの前に槍をかざす。

槍の檻に囚われたロウエンの顔が怒りに燃える。

「王よ、こんなことは許されない！」

黒髪が揺らめくように逆立ち、火花が散った。

「ほう、雷竜として暴れるつもりか」

王が皮肉っぽく笑みを浮かべた刹那、その背後に黒い影が見えた。サーシャは息を呑んだ。

今見えたのは妖魔に取り憑かれた印じゃないのか、王の顔を確かめたくてサーシャは暴れた。足で王を蹴りつけようとして、兵士に足まで押さえつけられた。

「放せっ！　ロウエン！」

暴れながらロウエンに手を伸ばす。

「王として、こんなかたちで結婚できるとお思いか!?　サーシャを返してください」

「サーシャはそなたのものではない。間違えるな。そなたは権利を持っておらぬ」

王の頭上にまたちらりと影がよぎった。影は細い黒い手のようなものを、王の頭から顔に向かって伸ばしている。王に肩をつかまれているサーシャにはそれがはっきり見えた。

「まだロウエンは、そなたに手をつけておらぬだろうな？」

王がサーシャの体に手を回し、首筋の匂いをかぐように顔を近づけた。サーシャはぞっと肌が粟立った。唇の生暖かい感触に、おかしくなりそうな嫌悪感が走る。

「大丈夫、まだ種付けされた匂いはついてないようだ」

王は下卑た笑い声を放った。サーシャには、黒い影がその笑った口から入り込もうと手を伸ばすのが見えた。

王の肩越しにロウエンが怒りに燃え、鬼神のような形相で王を睨んだ。

その瞬間、激しい紫の雷光が走った。目がくらむような光の後、衝撃がサーシャを吹っ飛ばした。サーシャは意識を失った。

はっと気がつくと、自分を抱きかかえていたはずの王が倒れている。とっさにいい気味だ、と思った。しかし、びくとも動かない。王の周りにいた騎士や衛兵たちも倒れている。騒ぎを聞きつけた家来たちが駆け寄って王を抱きおこしているが、ぐったりしている。サーシャの全身が水を浴びせられたように冷たくなった。

振り返ると、ロウエンは蒼白な顔をして立ち尽くしている。王に向かって雷電を放ってしまったのだ。そこへ鋭い女の叫びが響き渡った。

「王はどうされたの？」

銀の髪を振り乱して、ラディアが王に駆け寄る。呼びかけても王は答えない。

「陛下は雷電で吹き飛ばされ、頭を打たれて意識を失っているご様子」

いつの間にかワイラードが現れる。今の彼の顔には影は見えない。しかしこの男の中には確かに影が巣くっているのだ。サーシャは瞳に力を込めて睨んだが、彼は薄く笑ってみせるだけだった。

「ロウエン兄上の仕業なのね」

ラディアは槍で囲まれたロウエンに、侮蔑と憎しみのこもった眼差しを向ける。彼女に寄り添いながら、ワイラードが断定する。

「これは王に対する反逆罪です」

ロウエンは無言で歯を食いしばっている。

「王の代わりに私が命じます。ロウエン兄上を牢へ連れていくように」

ラディアがひとりで勝手にロウエンを断罪する。

「待って！　オレもロウエンと同じ牢に入れて！」

サーシャは叫んだが、ロウエンだけが引っ立てられていく。自分を抑えられず雷電を放ったことを悔やむのか、ロウエンはこちらに一瞥もくれなかった。

倒れた王も部屋に運ばれ、広間に残されたラディアが嘆息する。

「いったいどういうこと？　あなたのことを花嫁にしようと、陛下とロウエン兄上が争っているなんて、信じがたいけど」

「陛下が悪いんだよ」

ラディアが怒りの眉を逆立てるが、サーシャは言い募った。

「ロウエンが幸せになるのが許せないんだ、きっと。だからオレのことなんか好きでもないのに、今ごろ自分のものだなんて言い出すんだ」

「だからって雷電で吹っ飛ばしたのには、殺意があるわ。反逆の罪よ」

「わざとじゃないって。陛下がオレにいやらしいことを言って、ロウエンを挑発したんだ」

「なによ、いやらしいことって」

「手をつけるとかついてないとか、下品だよ、王様のくせに」

「なんてことを！」

「それより、ワイラードは⁉　王がおかしくなったのはあいつのせいだ！」

サーシャは辺りを見回して叫んだが、自分とロウエンに味方してくれそうな者は誰もいない。いつの間にかワイラードは姿を消していた。騎士団長ウィルカの姿を捜したが、見当たらない。ワイラードが怪しいのだと、ロウエンやウィルカに相談したかったのに。サーシャは唇を噛んだ。

ロウエンは雷竜に変身して逃げ出さないように、最も警備の厳しい重罪犯を入れる塔に収監された。サーシャは激しく落胆しながら、ロウエンの居城に戻った。絶望で真っ暗な気持ちを押し隠しながら、城の人々に状況を説明した。老家令は肩を落とし、リラは涙ぐんでいる。

王は治療を受けているが、いまだ意識を取り戻さない。もし王の体に何かあればロウエンの罪がさらに重くなってしまう。サーシャはそれだけを避けたい一心で、王の回復を祈った。

＊＊＊

ロウエンに会いたい。サーシャは毎日、ロウエンが囚われている塔まで行く。しかし王宮の兵士たちに、罪人に会わせることはならないと追い返される。

老家令に塔で働く者たちから、情報を仕入れてもらう。ロウエンは牢の中でひとり黙然としているが、怪我はなく体調も大丈夫、粗末な食事もすべて食べているという。

王が意識を取り戻したと聞いて、見舞いの花を持って会いに行った。王の顔は見たくないが、ロウエンのことを許してもらいたい一心だった。ベッドから体を起こせるようになった王は、上機嫌でサーシャを迎えた。

「そなたはようやく心を入れ替えて、私の花嫁となる気になったか」

王が自分に向かって笑いかけると気味が悪い。王としては自分に好意を見せているつもりらしいが、サーシャは一心にその顔に妖魔の影を探す。ロウエンの雷電に打たれる前、王に取り憑こうとしていた黒い影、あれこそが妖魔なのだと思う。

あのときの妖魔は王に入り込んだのか？　それとも雷電に吹っ飛ばされてしまったのか。

「陛下はまだ頭が治ってないんじゃないか？」

サーシャが王の侍従に向かって言うと、彼は無礼者と言わんばかりに目を吊り上げた。王はサーシャが何を言っても機嫌がよい。

「口は悪いが可愛らしいぞ」

本格的に頭の打ち所が悪かったのかと思いながら、王のそばへ寄る。

「黄金の精じゃないよ、オレは」

「銅の精である、そなたのままでいいのだ」

この言葉をデリンゲルに来たあの日に聞いていれば、そのまま結婚に収まったのだと思う。でも収まらず、ロウエンのところへ縁づくことになった。それでよかったのだ。今さら、王にはなんの思いもない。

しかし王は今でも自分が選びさえすれば、サーシャは自分のものだと思っているらしい。

「そなたが私のもとに来るなら、ロウエンを罪に問わないことにする。すぐに牢から出してやろう。我々の婚礼にも呼んでやろう」

このおめでたさはなんだ？　サーシャには王の変貌ぶりがよく分からない。自分のことをあれほど蔑んでいたくせに。

眉をひそめるサーシャの空気を読んだのか、王が弁解する。

「そなたが来た当初は、えらく不満そうなしかめっ面で我々デリンゲルの竜人を睨んでおったので、王妃には無理なのではと思っておった。しかし今のそなたは愛嬌があって可愛らしい。しかもラガンの女王からは、デリンゲルとの同盟のことと同様に、そなたのことはくれぐれもよろしく頼むという親書をいただいている。私がそなたを大切にしなければな」

今ごろ何を言っている。ロウエンが自分にとってかけがえのない存在になるまでの間、何もしなかったくせに。

「オレはロウエン以外の人と結婚するつもりはありません」

きっぱりと言うと、さすがに王の顔色が変わる。

「私は王だぞ」

「存じております。でもオレはロウエンを伴侶としたいんです」

「そなたはデリンゲルとラガン、両国の絆を結ばなくともよいのか」

　サーシャは頭にカッと血が上った。

「それとこれとは別です！　最初にオレをいらないとおっしゃったじゃないですか！　でもロウエンが両国の絆のためにオレを娶ると言ったんです！」

「そんなことを言ったのか？」

　すっとぼけているのか、とことん自分に都合のいい思考しかできないのか、王はしれっとした顔で言う。サーシャは絶望を感じながらも続ける。

「オレ、最初はロウエンと結婚することにも腹を立ててました。デリンゲルはオレのことなんか必要としてないから、帰ってしまおうと思いました。でもそんなオレを、ロウエンは尊重し、対等の相手として扱って、いろんな話をしてくれました。両国のためにこの婚姻がいかに大切かも、ロウエンが教えてくれました」

「そういう話をしただけで、まだ実際の結婚はしていないのだな？」

　王にはロウエンの思い、自分の伝えたいこと、なにひとつ伝わっていない、そんな気がした。すべてを自分の都合の良いように受け取る男を王として、この国がやっていけるのはロウエンたち、王を支える者たちが優秀だからだろう。しかし王がそれに気づいている様子はない。

「王は何をお望みなのですか？」

「そなたを手に入れたいのだ。改めて妃にしてやろう」

思わず後じさりする。銀髪が輝く端麗な顔を見ていても、心惹かれることは全くない。自分の大切な黒い雷竜の男の顔ばかりが心に浮かんでくる。彼を早く牢から出さなければ、そのためにどう振る舞えば上手くいくのか。

「ライン辺境伯は、オ、私を娶ることは反対されたのでは？」

サーシャはワイラードについて尋ねてみた。王はワイラードの正体を知らないのだと思う。ワイラードの方は自分が王に近づけば、正体が明かされることを気にしていないのか。

「ワイラードは反対などしない。戦を前に、ラガンとの絆をいっそう固くすべきとのワイラードからの進言もあり、改めてそなたを娶ることにしたのだ。ちょうど良い機会だ」

自分のことがあまりに簡単に扱われていて、むっとする。

「戦を前にしているなら、こんなことに時間を費やしている場合ではありません」

「戯れではないぞ、そなたは私の伴侶としてこの国に来たのであろう？」

このおめでたい王をいっぺん袈裟懸けにして葬ってしまいたい、心の中で王にざっくりと剣を振るい、サーシャはなんとか冷静さを取り戻す。

今まで何かにつけ怒りっぽく爆発してきた自分にしては、冷静に頑張っている、そう自分を褒めた。なんとかしてロウエンを牢から出してもらうのだ。

「ロウエンを牢から出し、戦争の可能性について話し合ってください」

「そなたが喜んで私の伴侶となるなら、ロウエンを牢から出してやろう」

必死の頼みにとんでもない言い草を返され、サーシャは目を剥いた。腸が煮えくりかえるが、必死にサーシャは笑顔で王に向かう。ここは戦場なのだと自分に言い聞かせる。

自分はロウエンを守護する騎士なのだ。ロウエンを救い出すためには、なんだってする。サーシャは自分を防御するため、仮面のような笑みを張り付けたまま王に向き合っていた。

「もし、オレ……私が王の伴侶になりましたら、ロウエンを牢から出していただけるんでしょうか」

「何ごともそなたの思い通りにしてやろう」

王の伴侶になることを了承してロウエンを救いだし、その後、そんなつもりはなかったと言い張るのは無理だろうか？　ラガンまで逃亡するとか。

サーシャは頭が痛くなるほど必死に考える。しかし王に一回約束してしまった後、それを違えるのはかなり難しい。もし約束を無視したなら、反逆の罪で裁かれるか、王から報復されるのではないか。そのために祖国ラガンに何かあったら。

「ほかに言い分はないな」

王がサーシャの体に手を伸ばしてきた。サーシャはさっと後ろへ下がる。

「伴侶の件はいったん考えさせていただきます」

「そなたはもともと私のもとへ嫁ぐために、ラガンからやってきたのだろう？　母上である女王の命に従うのだ」

あのときに自分の心を打ち砕いたくせに。サーシャは丁寧に頭を下げ、顔に出そうになった思いを隠す。これは剣で打ち合うのと同じくらいの真剣な力のいる戦いだ。

祖国以外の国で自分の考えだけを頼りに、言葉で戦う。これまではロウエンに護られてきた。でもこれからはロウエンを自分が護り、救うのだ。

「分かってくれたようだな。そなたと結婚したのち、ラガンからの援軍を得る。そしてロウエンの力を解き放つのだ。さすれば西エギクスだけでなく獣人の国すべてが我らの旗のもとに下りてくるであろう」

王の言葉にサーシャの顔色が変わる。

「ロウエンの力？」

「雷竜の力のすべてを使えば、エギクスなど思うがまま、マグビズもワイラードも同じことを進言してきた。今こそ我らが一撃を下すときだ」

ワイラードは妖魔憑きだ、サーシャはそう確信している。マグビズ将軍も妖魔の餌食となってしまったのか。それとも以前からの好戦的な脳から導き出された答えなのだろうか。

――どっちにしても乱暴すぎる。これではロウエンが今までやってきたことが無になってしまう。

それに王は聞き捨てならないことを言っていた。

ロウエンの力を解き放つ、だと？

＊＊＊

ロウエンの居城に戻り、サーシャは深い息をついた。苦手な話をして心にもないことを言い、王の機嫌を損なわないように、細心の注意を払って王のもとを退出した。綱の上を渡りながら剣を振るっているようだった。

こんなのは自分の性格に合っていない仕事だ。しかしやらなければロウエンが助からない。王のもとに嫁ぐなどとんでもないが、真似だけでもやって、ロウエンを牢から出す。それしかないような気がする。

マグビズ将軍は、ロウエンに対して、彼の存在が強大な威力を持つ武器のような言い方をしていた。恐ろしい殺戮能力を秘めていると。あの冷静沈着なロウエンの力だけを彼の意志から解き放って、武器として使えるようにするつもりなのだろうか？

そこまで考えて、サーシャは心臓を氷のような冷たい手で握られたような気がした。妖魔を取り憑かせることができれば、自由に操ることができる、彼らはそう考えているのではないか。

ワイラードの顔に張り付いたような不穏な笑みを思い出す。あの男ならやりかねない。あの男が妖魔を操っているのか、妖魔が彼を操っているのか、それすらもよく分からないのだが。

居城の中に入ると、リラが不安そうな顔で寄ってくる。

「ロウエン様をお救いください。王に対抗するのは、サーシャ様にしかできません」

彼女の肩が震えている。周りに控える者たちの目にも涙が宿っている。

彼らがロウエンをどれほど大切に思っているかが分かる。自分も同じだ。

「心配しなくて良い。オレが必ずロウエンを牢から出す」

城の人々の前では力強く言ったが、自分の部屋に入ったとたん、サーシャは扉に背をもたせかけ、ずるずると座り込んだ。不安でいっぱいなのに、自分を強く見せ、人を励まそうとするのは思ったよりずっとつらい。

ロウエンに会いたい。この部屋で文書を読み、自分といろんな話をした彼に。いつも自分を力づけてくれた彼に。

強くて優しい彼の横顔を思い浮かべる。

デリンゲルが道を誤らないように、それだけを願っていた彼の思いを、今引き継ぐのは自分しかいない。


「サーシャ様、戻ってきたのですが、いったい何があったのですか？」

ラガンから帰ってきた従者レンの元気な顔を見て、サーシャはほっと息をつく。

「女王陛下からのお手紙、ちゃんと預かってきましたよ」

手紙を受け取りながら、目の奥が熱くなってくる。雷竜のロウエンと結婚して大丈夫かと、母に訊いたのだった。それなのに状況は結婚どころではなくなっている。

手紙を読む前に、サーシャはレンには手短に今までの出来事を話す。ロウエンが牢に入っていると知り、彼も愕然とした顔になる。

「これは……どう動いたらいいんでしょうかね。もう一度ラガンに戻って、援軍を頼みますか。ロウエン殿下を助けるために」

レンは大胆なことを言う。サーシャは首を横に振って、彼に急ぎの仕事を頼む。

「まずは王宮内を探ってほしい。何とかロウエンと話をする方法はないかな？」

レンがただの従者でないことには、今ではサーシャも気が付いていた。母である女王のためにデリンゲルの情報を収集する役目を負っている。だから自分にデリンゲル行きを勧め、ともにいるのだ。今こそ、その能力を自分のために発揮してもらうときだった。

レンは了承し、すぐさま王宮内へ行った。

「牢にいるロウエン殿下と話をする方法があります。身軽なサーシャ様ならできるかと」

戻ってきたレンは早速情報を仕入れていた。得意そうに茶色の目を輝かす。

「牢の光と空気の取り入れに使っている小窓があります。わずかな隙間なので脱出などは不可能ですが、話はできるのではないかと」

「牢は塔の上では？」

下から梯子をかけて届くような距離ではなかったはずだ。

「塔の屋上の胸壁からロープを伝って降りていたそうです。騎士団長のウィルカ殿から聞きました。そうやっている者を捕らえたことがあるとか」

「じゃあ、見張りの騎士団に捕まってしまうんじゃないか」

「ウィルカ殿が捕らえたときはそうです」そこまで言って、レンは声をひそめた。

「ウィルカ殿が歩哨の時間を教えてくれました。その時間を避けて塔に入り、次の歩哨が来るまでの間なら大丈夫です。ウィルカ殿がその時間、塔の周りを警戒してくださるそうです」

「ウィルカが？　信頼してもいいのかな」

ロウエンに近しい人物ではあるが、ウィルカ自身は王直属の騎士団長だ。王への裏切りも辞さないつもりなのだろうか。

「信頼するかはサーシャ様がお決めください」

真剣なレンの顔に、サーシャはうなずいた。自分が責任を負って動くしかないのだ。

実施するのは夜中過ぎに決め、レンは準備のために再び王宮へ戻った。サーシャはひとり、部屋の中で手紙を読む。母である女王の直筆の手紙だった。

『サーシャよ。ロウエン殿下とそなたの相性は良いから安心しなさい――』

読んでいるうちに文字がにじんだ。続きが読めなくなる。サーシャは涙をぐいっと拳でぬぐった。いつロウエンが戻ってきてもよいように、手紙の内容を頭に入れておかなければ。

王宮の北に高貴な身分の重罪の囚人を入れておく牢がある。その名も「雷竜の塔」という。塔といっても城壁の角に立つ尖塔のようなほっそりしたものではなく、ずんぐりとした太さのある頑丈な建物だった。

「縁起でもない名前ですね」

サーシャはレンとともに塔の近くの林で、じっと夜更けを待っていた。

「雷竜は王家にとって、それだけ脅威だったんだ。いくら雷電を放っても壊れないように、頑丈な塔にしてある。ここに閉じ込められて一生を終えた雷竜もいたらしい」

「そうなんですか？」

夜目にもレンが驚きに目を見張っているのが分かる。サーシャもこの話を最初に聞いたときは信じられなかった。この話をしているときのロウエンの苦い笑みが浮かぶ。

あんな笑顔じゃなく、ロウエンを心からの笑顔にしなければ。

自分がロウエンを救う。救ったら騎士にしてもらう。そして結婚する。順序がちらかっているような気がするが、サーシャは気にしない。それだけを考えることにする。

何度か歩哨が交代し、星の位置を見て、サーシャは真夜中を過ぎたと知った。塔の入り口は暗いが見張りは二人いる。

闇の中、松明を持った騎士団長のウィルカが現れた。突然の騎士団長の訪問に、塔の見張りがふたりとも飛び出してきた。サーシャとレンはうなずきあい、ウィルカの松明に照らされ、陰になっている部分から塔に入った。

「こんな真夜中に騎士団長自ら、何かあったのでしょうか」

「ロウエン殿下の様子にお変わりはないか。馬小屋付近で侵入者らしき影を見たと報告があったので、警戒に回っているところだ」

朗々と響く声にまぎれ、サーシャとレンは塔を登った。屋上に出るには鍵がいるが、その鍵までレンは持っていた。ウィルカから渡されたという。

「ロウエン殿下が脱獄するとしても、きっとウィルカ団長は手伝ってくれますよ」

レンがささやきながら、塔の上からロープを垂らす。サーシャは革の手袋を嵌め、ロープにまたがるようにしてから握る。こうしておけば降りるときの摩擦も平気だ。銅山で崖を降りるときによくやっていた。

ロープを伝い、ロウエンの牢の小窓にたどり着く。

「ロウエン！　オレだよ」

小窓の中に、驚くロウエンの顔が見えた。やつれているが、目の光は炯々としている。

「サーシャ、こんなところまでどうやって？」

「それはいいから、ロウエン、これからどうすればいいと思う？」

「兄上は回復されたのか？」

「まだ床に就いたままだけど、話はできる」

「東エギクスの王との会談に行けそうか？」

「たぶん無理だと思う」

会談はロウエンにとって一番重要なことだ。溜息をつくのが聞こえ、サーシャの胸が痛む。

「マグビズ将軍の一派が、兄上に行くなと言ってるだろう。東エギクスを見殺しにし、獣人たちが同士討ちをしている間に、その両方を手にする皮算用をしているはずだ。そんなうまく行くとも思えないが」

妖魔に支配されている可能性があるマグビズ将軍、そしてワイラード。彼らの思惑通りにさせないためには。妖魔の話もしたいがそんな暇はない。今しなければならないことを尋ねる。

「東エギクスの王を助けるには国境の会談の場に行けばいい？　でもオレが行っても相手にしてもらえないか」

「――ラディアに頼むんだ」

思いがけない名前に、サーシャは息を呑んだ。

「東エギクス王はラディアの結婚相手にと思っていた方だ。王が行けない時は彼女を連れていこうと思っていた」

「でも、でもラディアは嫌がってる」

「王家の役目を果たせと伝えてくれ。結婚の話ではなく、東エギクスの王の話を聞き、同盟にしろ援軍の要請にしろ、それを受けるかを、王の代理として検討し決定するのだと」

「ラディアが？」

「ああ、それができると言ってくれ。時間もない。サーシャ、そろそろ行ってくれ」

ロープで体を支えるのも限界だった。

「ロウエン、窓に手が届く？」

ロウエンが背伸びをして、指先が小窓にかかる。サーシャはその指に素早くキスした。

「ロウエン、好きだよ。帰ったら結婚だ」

時間がないと、なかなか言えなかった言葉がすらすら出てくる。

「ああ、待ってる。私も愛してる」

聞きたかった言葉も、すぐに。

サーシャはロープを伝い降り、レンも同じように降り、ロープを手繰り寄せ、闇に紛れようとした。しかし行く手に人がいた。ぎょっと立ち止まったが、ウィルカだと分かった。

「ロウエンを護って。オレはラディアと国境まで行って、東エギクスの王と会談する」

思ってもみなかった話なのか、ウィルカは厳しい顔で聞いていたが、深く首肯した。

＊＊＊

「それはあなたが陛下と結婚するための方策で、私を東エギクスへ追いやるんじゃないの？」

ラディアは険しい声で言い放つ。

デリンゲルの王宮内では、王とサーシャが結婚するという噂話で持ちきりだという。サーシャは頭が痛くなった。

「オレは陛下と結婚なんてしない。それより、東エギクスの王との会談の方が大事で――」

「我が国の王の結婚の方が大事でしょう！」

サーシャはラディアを訪問し、彼女と対面していた。ロウエンから頼まれたことを伝えたくても、サーシャの結婚の方が気になるらしく、本題に向き合ってくれない。

敵意のこもった目を向けるラディアに、結婚については王が勝手に言っていることだといくら言っても伝わらない。銀竜の兄妹は思い込みが激しく、サーシャは話すだけで消耗した。

「陛下と結婚するか、ロウエン兄上と結婚するのか、はっきりさせなさいよ」

「最初からはっきりしてるよ！　ロウエンだよ！」

ラディアはサーシャに敵意は見せているが、その意見は率直で裏表がない。ラディアと話すのは実は難しくないことに気がついた。妖魔に侵されている様子もない。

「本当に？　陛下に乗り換えるつもりはないのね？」

「ない！　絶対」

ラディアは疑りぶかい目でこちらを見てくるが、サーシャも視線をそらさない。するとラディアがぽつりと呟いた。

「男を見る目は確かなようね。私だってロウエン兄上を選ぶわ」

えっ？　王の誕生祝いのときに、ロウエンにつっかかっていたくせに。サーシャがあっけにとられていると、ラディアは柳眉を逆立てる。

「当たり前じゃない。陛下と話をしても、女は逆らうな、政治に関することには口出しするなと叱られるばかりだけど、ロウエン兄上は訊けば何でも教えてくれる。わがままを言っても聞いてくれる。いじわるなことを言っても受け止めてくれる心の広さがあるわ。結婚するならロウエン兄上みたいな人がいいけど、この国にはいないし、ロウエン兄上は獣人の王を勧めてきて、腹が立つばかりだし――」

ラディアの話をゆっくり聞いている暇はなかった。サーシャは本題を切り出す。

「ロウエンはあなたに、東エギクスの王と会談してほしいと言ってる」

挑むような視線だったラディアは、急に目を伏せた。

「それには陛下のお許しが必要よ。絶対無理。それにそれってお見合いじゃない？」

なに呑気なこと言ってる、と思ったが、サーシャは必死にラディアを説得した。

「陛下もロウエンも会談の場に行けないいんだから。ロウエンはラディアに全権を任せたいんだ。王家の役目を果たしてほしいんだ。結婚の話ではなく、東エギクスの王の話を聞き、同盟にしろ援軍の要請にしろ、それを受けるかを、王の代理として検討し決定してほしい」

戸惑いを隠せないラディアに、サーシャは詰め寄る。

「お願いだ。今、ラディアにしかできないんだ」

ラディアに頼み込むと、彼女は顔を背けて困惑しているが、必死に頼んでいることが分かると強く拒絶できないようだ。強気で高飛車な彼女だったが、心の底にはロウエンを気遣う思いが残っているのだろうか。サーシャはそこに一点の望みをかける。

「分かったわ。陛下にお願いしてみる」

マグビズ将軍あたりから横槍が入るのではと思っていたが、ラディアが会談の場に行くことに王の許可がすぐに下りた。時間もなかったので、飾り立てた馬車で威儀をただすのではなく、飛竜の部隊で訪問することになった。ラディアにはサーシャと内務大臣が付きそうことが決まった。

サーシャは自分まで会談に行くことが許可されるとは思わなかったが、ロウエンの代わりに東エギクスの王とのやり取りを見届けようと決意した。

竜に乗っていくのは自分だけかと思っていたが、出立の場に行くと、ラディアも騎竜用の装備だった。

「竜人なのに自分で飛ばないわ。竜の姿を見せるなんてはしたない」

「私は飛ばないの?」

そういうものなのか? サーシャの視線に、ラディアはつんと顔を背ける。やはり見合いの場のつもりなのだろうか? 美しく化粧もし、お気に入りの巨大なダイヤを胸につけている。

竜の背に乗っても、ロウエンとともに飛んだときのような高揚感はなかった。ただただ早く東エギクス王に会い、話を聞き、できれば戦いを避ける方向へ進めたい——これがロウエンが全身全霊を込めて成し遂げたいと思っていたことなのだ、と今は身に染みるほどわかる。彼の志を受け、それを実現する。サーシャの深緑の目は遠くを見据えて燃えるようだった。

東エギクスに近い国境、約束の場所近くに、飛竜の部隊は野営する。かがり火が焚かれ、ラディアの絹張りの天幕から、寒いではないか、食事はまだかという声が響いている。

サーシャは小さな天幕にひとり身を横たえた。ロウエンも牢の中で眠る時間だろうか。目を閉じたとき、多くの人の叫び声、不穏な物音が聞こえた。

何があったのか? サーシャは天幕を飛び出す。あちこちで炎が見える。つんざくような悲鳴、怒号が聞こえるが、闇の中ではどこか現実のものではないような気がした。

「獣人だ！　獣人軍が攻めてきたぞ！」

デリンゲルに獣人の侵入を許したのか？　東エギクスなのか？　それとも敵である西エギクス？　サーシャの目には、禍々しい獣人たちの影が炎に照らされ、大きく飛び込んでくる。

サーシャは剣を抜きながら、ラディアの天幕へ走った。

――なぜ、こんな見事な急襲ができる？　妖魔の力を得ているから？　それとも詳しい情報を得ているから？

ラディアを護るために竜人の騎士たちが剣を構えているが、皆狼狽している。サーシャが天幕に飛び込むと、ラディアがへたりこんでいた。

「ラディア！　大丈夫か」

かばうように前に立つ。ラディアは後ろからサーシャの上着の裾をぎゅっと握ったまま、悲鳴を上げる。

「皆の者、なんとかしなさい！　いやっ、こっちにこないで！」

天幕を破り、獣人たちが飛び込んでくる。獣人たちが剣を掲げ、こちらに向かい突撃の構えをとる。サーシャは緊張した。剣を抜く。初めて戦う敵が獣人だ。

さまざまな方向から獣人たちに攻め込まれ、サーシャとともにラディアを護る騎士はわずかしかいない。服を掴むラディアを振り払い、サーシャが剣を持って走り出す。ラディアが金切り声で叫んだ。

「だ、誰か私を護りなさい！」

剣を抜き、騎士団長ウィルカに習ったように素早く攻撃を繰り返す。サーシャの勢いに、最初は獣人たちも遠巻きにしている。

襲いかかる獣人たちの様子を見て、サーシャは息を呑む。狼の耳や狐の耳を持っている獣人たちの頭に黒い影がまとわりついている。目全体がうつろになって、そこから黒い炎が噴き上げているように見える。

凶悪な敵の姿を見て、騎士の姿から竜に変身して戦う者もいた。竜の鱗は何よりも硬く見えたが、狼獣人が鋭い牙を立てると、血潮がほとばしる。ラディアの悲鳴が上がる。

――くそっ、竜が一番強いと思っていたのに。

禍々しい獣人の戦士たちは死を恐れない。目の前の仲間が骸になれば、平然と踏みつけて前に進む。「心」があるように思えない。対するデリンゲルの竜人たちは異様な彼らの様子に怯えていた。

――妖魔に取り憑かれているとこうなるのか？　怖い。

見たこともない敵の姿に圧倒されながら、サーシャは剣を振るった。

「いやあっ！」

振り返ると、毛むくじゃらの異様に長い腕の獣人が、ラディアを掴もうとしている。サーシャの剣が腕を切り落とした。

ラディアはぺたりと座り込んだ。

「座ってはだめだ！」

叫びながら立たせ、戦いの隙を見て、木の陰に引っ張っていく。

「いや、もう立てない」

「このままではやられる！　それより、竜に変身して飛んで逃げるとか戦えないのか？　火を吐くとか」

「だめよ、私は竜になっても飛べないし、火の勢いもたいしたことない」

「本当に飛べないのか」

こんな状況なのに使えない……サーシャの考えが分かったのか、キッとラディアが睨み付ける。

「私が飛べないのは、ロウエン兄上に腕を傷つけられたからよ」

「そんなの嘘だろ。そのくらいの傷、もうとっくに治ってるはずだ。飛べないって思い込んでるだけじゃないのか」

ラディアが悔しそうに唇を噛む。

「でも子どものとき以来、飛んだことがない。竜に変化するのもほとんどしたことがない……」

銀竜として戦ってくれないのか。サーシャは落胆した。竜に変身して空から戦う者もいるが、化け物じみた跳躍を見せる相手に喰らいつかれ、ずたずたにされて地上に落ちていく。

「ちきしょうっ、竜なのに劣勢じゃないか」

サーシャはラディアをかばいながら、逃げ道を探す。今はラディアを護ることが先決だ。

ラディアの目の前で、竜の横腹に狼が喰らいつく。彼女は悲鳴を上げ、再び腰が抜けたように地面に座り込む。

「だめだ、立ってくれ！」

ラディアを起こそうとしたとき、目を上にやった彼女がものすごい悲鳴を上げた。巨大な灰色の狼獣人の顔が目に入る。しまった、と思った瞬間、後頭部に衝撃を受けた。

「ううっ！」

割れるような痛みとともに、サーシャの意識は闇に呑まれていった。

第五章

気がついたときには、ごとごとと動く暗い箱馬車に乗せられていた。体中が痛い。手脚が縛られていて動けない。頭をもたげて見回すと、ラディアが縛られたままぐったりと目を閉ざしている。

獣人に喰らわれてはいない。自分の命があったことにほっとしながら、目を動かせる範囲のものを目に焼き付ける。

サーシャの目には隙間から差し込む光が見えた。今は昼間なのだろう。

――なんとかしてこいつらから逃げ出さないと。

どうやって逃げるのか考えたくても、きつく縛られたままずっと馬車で揺られている状態なので、ものを考えるのも難しかった。

ロウエン、助けて。

祈るようにその名を唱えた。

どのくらい経っただろう。馬車が止まった。馬車から出されたサーシャは眩しさに目を細めた。そこは深い森の中に見える。石造りの廃城らしき建物がある。もう獣人の国エギクスに来てしまったのだろうか。

見たこともないほどの数の獣人たちがいる。ここは彼らの陣地なのか、獣人たちは廃城を根城にしているらしい。

獣人、それも妖魔に憑かれた者たち。サーシャは目を凝らす。みな顔のあたりは黒い影に覆われ、ほとんど表情が分からない者もいる。

サーシャは、廃城の広間に連れていかれた。崩れた壁の隙間から青空が見える。足枷の鎖を引きずりながら、ぐったり倒れたままのラディアのところへ急いだ。目をつぶった彼女は弱々しく「水……」と呻く。

「水をくれないか」

サーシャが周りを警護している獣人の兵士に頼むと、彼は下働きらしい水を運んでいる男を呼んだ。

水を満たした桶を持つ男は獣人ではないように見えた。ずっと小柄で体つきもほっそりしている。後ろで束ねた長い金色の髪の男は顔を上げた。その顔が目に入った瞬間、サーシャは声を上げた。

「ユール！」

黄金の君、麗しきラガンの黄金の王子と呼ばれたユール。なぜこんなところにいるのか？政略結婚から逃れて、恋する獣人騎士と駆け落ちしたのではなかったのか……!?

ほっそりした男はぎょっとした表情になり、桶を取り落とし、走り出した。

「待って！」

走り去る男は長い金髪を揺らしていた。確かにユールだった。なぜだ？　獣人騎士の故郷へ行ってしまったと思っていたのに、まさかこんなところで水汲みをしているとは。

サーシャが茫然と突っ立っていると、後ろから足枷の鎖をぐいと引かれた。転びそうになりながら振り返ると、背の高い灰色の狼獣人が見下ろしている。ゆらめく黒い影に覆われて。

「お前がラガンから来た、デリンゲルの王弟の許嫁というのは本当か？」

サーシャはうなずいた。

「そこの竜人の女は王の妹だな」

今さら隠すこともできず、再びうなずいた。それよりも聞きたいことがある。

「さっきここにいたのは、ラガンのユール王子ではないか？」

「ユール？　以前、ラガンにその名の王子がいるか聞いたところ、いないと言ってきたぞ」

尊大な態度の狼獣人は、思いがけないことを言った。

「嘘だ！　今のは絶対ユールだ！」

「しかしラガン女王のもとに、身代金をとろうと知らせて、そう言われたのだぞ。ユール王子はすでに亡くなり、お前たちのもとにいるのはその名を騙るものであろうと」

そんな言い方をしたのかと、サーシャは母の厳格なやり方に息を詰めた。ラガン王家としてはユールは死去したことになっているのだ。厳しすぎるようにも思う。しかし、自分を死んだものと思えと言ったのはユールの方なのだ……。

「俺たちにとって、ラガンから金を引き出せないのなら、それは偽の王子だ。金にならないなら、せめて慰みものにしたかったのだが、お頭がそれを許さねえ」

「お頭って？」

「私です。お久しぶりです、サーシャ様」

後ろから大きな影が差す。振り向く前から、その声で誰か分かった。

「フェラス」

ユールと駆け落ちしたはずの獣人騎士だった。フェラスは騎士時代と変わらぬ端整な容貌に立派な服装をしている。しかしサーシャはその顔を見てぞっとした。美しかった両目のあたりに、蠢く黒い霧のようなものがわだかまる。

「お前、よくもユールを……！」

囚われの身という立場も忘れて、殴りかかったが、狼獣人に足枷を引かれて倒れこんだ。

「相変わらず元気がありますな、サーシャ様」

「駆け落ちしたんじゃないのか、兄上と。なんでお前ひとり偉そうな恰好してるのに、兄上はあんな……」

あんな汚れた恰好をしてとは言えなかった。サーシャは胸が痛んだ。誰よりも美しく、いつも『黄金の君』と呼ばれる容姿を引き立てる綺麗な服を好んでいたユールが……。

「あなたの兄上はラガンを出奔した時点で死んだことになってしまった。私の見込み違いでした。女王があそこまで強硬な御方だとは思わなかった。身代金が引き出せないなら、何の価値もない」

「愛し合っての駆け落ちじゃなかったのか？」

愛？　とフェラスは首をかしげる。

「兄上は竜人の国へ嫁ぐのがいやだから、私にすがってきただけなのでは？」

「お前のことが好きで駆け落ちしたんだろ！」

サーシャの目にはユールの想いは確かなものに見えていた。しかしフェラスはそう思っていないらしい。

「あの高貴な黄金の君が、私のことを？　愛の言葉など聞いたこともない。私には、竜人の国に嫁ぎたくないから連れ出してくれ、と言っただけですよ。ちょうどそろそろラガンを出ようと思っていたので連れて来たが、身代金も取れない黄金の王子は、我々には厄介な荷物になった。どこかに捨てていくことも考えたが、生活力もなさそうだから、我々のねぐらに置いてやっているのです」

恩着せがましく言うフェラスが憎らしかった。ユールがなぜここから逃げ出さないのかは分からない。今もまだ彼のことを愛しているからなのか？　駆け落ちした相手から、こんな言い方をされているユールが憐れになる。

「ユールはこんなところにいたいのか？」

「さあ、それは黄金の君がご自分で考えることでしょうよ」

「なんで水汲みなんかさせてるんだよ！　ユールが王子だって知ってるくせに」

フェラスはわざと困惑したような笑みを浮かべる。

「なんでって、働かざるもの食うべからず、ですよ。身を売るのはいやだっていうから、下働きの仕事をさせてます」

フェラスは獣人らしい鋭い白い歯を見せて残酷に笑う。

「この先、どうするのさ」

「さあ、ひとりで生きていきたければ、ここを出れば良いだけです。あなたのように足枷で繋いでるわけじゃない」

でも、こんなところでひとり放り出されても、とサーシャは辺りを見回した。鬱蒼たる森の中、人里までかなり離れているようだ。

「私のもとじゃ、飢える心配もないし、ちょうど良かったのでしょう」

そうじゃない。ユールは本当はフェラスのことが……そう思ったけれど、ユールの想いがどこにあるかは彼にしか分からない。何も言えなかった。

フェラスは倒れたままのラディアの顔を覗き込んだ。

「これがわがままで有名な銀竜王の妹か」

「わがまま」の語がどちらにかかるのか、分からない。

「オレたちをどうするの？」

「さあ、獣人国の捕虜として、身代金をいただくか、外交交渉を有利に進めるのか。私の主のサックス王子の手に委ねます」

サックス王子――ロウエンがよく口にしていた、妖魔と契約を結んだ西エギクスの支配者だ。ロウエンは東エギクスの王と同盟を結ぼうと画策していた。ラディアとの政略結婚まで計画していたのだ。それがうまくいっていたら、こんな状況にはならなかったのだろうか？

「フェラスは妖魔と手を結んだ側なんだな」

「よくご存じで。さすが王弟殿下の伴侶であられる」

ユールには底辺の扱いを強いているのに、自分には丁寧な態度のフェラスが薄気味悪かった。

それに明らかに妖魔が取り憑いている彼は、正視に堪えなかった。

——本当にユールのことを好きじゃなかったの？

もう一度訊いてみたかったが、サーシャは口に出せなかった。フェラスが本当の気持ちを自分に明かしてくれるとも思えなかった。

ラディアがやっと意識を取り戻し、狼獣人の姿を目にして絶叫する。

「いやあああっ!!　誰か助けてっ！　私を国に帰して。帰してくれたら好きなだけ黄金をあげるわ」

わざと鋭い歯を見せるようにしながら、狼獣人たちが笑い、ラディアは恐怖に怯えた顔を歪ませる。

「サーシャ、あ、あなたからもこの人たちにお願いして」

涙ぐむラディアをかばうように、サーシャは頭を下げた。

「オレたちふたりをデリンゲルに帰してほしい。そうしたらあんたたちの望みを聞く」

「ラガンから贈った馬車いっぱいの黄金の噂は聞いてるぞ。ユールの持参金は、身代わりになったあなたのために使われたんだったな。それが周り回って、我々に戻ってくるのか」

デリンゲルに黄金を要求するつもりらしい。しかし黄金に執着する銀竜王は、自分たちのために黄金を差し出すだろうか？　せめてラディアのためには金を惜しまないでほしいと、サーシャは思った。

「黄金はデリンゲルが用意するはずだ。ユールも解放してほしい」

「伴侶の殿下が金を払ってくれるのか。やっとお前に価値が出たぞ、ユール。ここじゃ、誰が金を払ってくれるかによって人の値打ちが決まる」

サーシャの背後に向かって呼びかけるので、どきりとしながらそちらを見た。険しい表情のユールが近づいてきた。

ラガンにいた頃より痩せて、頰のあたりが削いだようになり、美しい顔立ちがやつれている。長い金の髪ももつれ、服も汚れたままだ。サーシャは思わず目をそらした。

「今じゃ、銅の精の弟の方が立派に見える。竜人の国へおとなしく嫁げばよかったと思ってるのか？」

フェラスのあざけりにユールは無言だったが、サーシャは思わず食ってかかった。

「あんた、ユールのことが好きで駆け落ちしたんじゃなかったのか？」

「駆け落ちしたさ。黄金の君が自分から飛び込んできたんだ。断る理由はない。見たこともない量の金を手に入れるために」

ユールも自分も人を見る目がないということか。サーシャがあの頃憧れた、獣人騎士の理想像ががらがらと崩れていく。彼を追いかけていた自分が心の底から嫌になるほど、今のフェラスには品性のかけらも見られない。

「まさかこれが、黄金の君なの？」

ユールの正体に気づいたラディアが、恐怖も忘れて口を出してくる。ユールは顔をしかめる。

「黙れ」

金の髪は埃まみれで服はよれよれだが、金色の瞳と尊大な口調は以前と全く変わらぬままだった。

「あんたこそ、何様のつもり？　金の精なのにひどい恰好ね。それより食事はまだ？」

自分の置かれた立場の分かっていないラディアは、敵陣でも我が物顔に振る舞おうとする。

「身代金が払ってもらえなければ、じきにお前もこうなる」

フェラスが短く言い、ラディアを黙らせた。

サーシャは城の牢のひとつに囚われていた。ラディアは不安定で、叫んだり泣いたりする声がサーシャの牢まで響いてくる。

食事はユールが運んできた。誇り高い彼がそんなことをしているのが、自分の目で見ても信じられない。

しかしユールは逃げもせず、黙々と言われるがまま奴隷のように働いているようだった。

「ここから逃げないの？」

サーシャの問いに、ユールは答えない。

「オレたちと一緒なら逃げる？」

「……獣人たちに言うぞ。もっと厳重に囚われたいのか？」

　ユールは自分たちに心を許してくれないようだ。

「フェラスが好きだから？　フェラスから離れられないの？」

　キッと睨まれたが、サーシャはひるまなかった。

「フェラスもなぜユールと一緒にいるんだろ。こんな仕事をさせてまで」

「うるさい！」

　ユールは食事を載せていた盆を手荒に床に叩きつけた。しかしこの場を去ろうとはしない。

「あんなじゃなかった。最初はあんなふうじゃ……」

「妖魔に取り憑かれたからだ。もしかしたら、自分から契約したのかもしれない」

　サーシャの言葉に、ユールは愕然と顔を上げる。

「妖魔が取り憑いているのが分かるのか？」

「見えないの？　あいつらは黒い影になって顔のところにいる」

「……そんなのが見えるのか？」

「オレにはもうフェラスの顔が見えないくらい、真っ黒だ」

「……………」

「妖魔が取り憑いて、もとに戻れるか分からないんだ。母上に訊いてみたら、何か分かるかもしれない。それを待って——」

「うるさいっ！　僕はもうあの国では死んだものになっている」

ユールは背を向けて去って行った。やつれていても美しい彼の顔には、妖魔の影は見られない。しかし何か別のものが深く取り憑いているのかもしれない。

サーシャは足枷をあちこち動かしながら、なんとか外せないか、悪戦苦闘していた。捕らえられている間に、いつも胸に着けていた孔雀石のペンダントは失われ、着ていたはずの上着もなくなって肌寒い。寒さは我慢するが、父からもらい、ロウエンと分かち合った孔雀石のペンダントがないのはつらい。

サーシャの牢の外に、水桶を持ったユールが通りかかった。囚人たちを監視する兵士の部屋の水瓶に、水を足している。

ユールは黙って何かに耐えている。時折、切ない目でフェラスの背中を見つめている。こんな境遇になっても、まだ彼のことが好きなのか？　サーシャの知らないユールの姿だった。サーシャが知っているユールは黄金そのもののきらびやかな美しさで、誰からも愛され、心を寄せられる人だった。自分から何をしなくても、周りがすべて彼の要望を叶えようと動いていた。

泉まで水を汲みに行っているユールを見たら、ラガンの人々はどんなに驚くだろう。水を入れ、また俯き加減に通るユールに声をかけようと、サーシャは牢の柵に近づいた。

「僕のことを笑いたいのか？」

ふいにユールが顔を上げた。サーシャを見る表情に以前の驕慢さがちらりと走る。お前には馬鹿にされたくない、そう言っているようだ。

「笑ってなんかない」

「腹の中では笑ってるだろ。ざまあみろと」

「ひねくれすぎだろ」

サーシャは声をひそめた。

「それより、ここを出してよ。そしたら、ユールのことも助けられる」

ユールはこの境遇から助けられたいと願っている、そう思っていたが、彼はサーシャに向かって、昔のようにフンと鼻で笑った。

「お前に助けられるくらいなら、水を汲んでるよ」

「オレじゃない人が助けるんだったらいいの？　デリンゲルの竜人だったら？」

「竜人は嫌いだ」

ユールは牢から離れようとする。サーシャはなんとかして引き留めようとした。

「でも、ここにこのままで、本当にいいの？　ラガンに帰りたくない？」

「ラガンには帰らない。デリンゲルにも行かない」

固く思い詰めたような表情のユールが睨み付ける。意地でも帰らない、という表情だが、どこか救われたいと訴えているようにも見える。

「ここがそんなに好き？」

「……好きなわけじゃない。行くところがないだけ」

吐き捨てるような口調に胸が痛くなる。ここにいても幸せではなさそうだ。それでも行き場所がなく、ここにいるしかないのか。死んだものと思ってくれ、と言って故郷を出たのだ。おいそれと戻ってくるわけにもいかないだろう。

「ラガンへ戻ったら？　ラガンの王宮じゃなくて、国境沿いの村とかならひっそりと暮らせるかも」

「ラガンの田舎なんかごめんだ」

この森だって、ラガンに負けず劣らずの田舎だ。サーシャの生まれ故郷の方が賑わっている。鉱山だから、村にはたくさんの人が暮らしていた。

「ユールが暮らしていたのは、こんな森？」

「僕が育った金山はもっと賑やかだった。僕が生まれてから金が多く採掘されるようになって、坑道がいくつも掘ってあって、街ができていた」

サーシャの故郷の銅山も同じだった。宝の子が鉱山に入り、坑道を歩き、指さすところからたくさんの金属が採れる。金髪のユールが小さな指でさしたところから、輝く黄金がたくさん見つかっただろう。鉱山中の人々が宝の子に歓呼の声を上げたに違いない。

サーシャは追憶の中の人々の歓声を思い出す。銅山の中、人々に肩車され、「宝の子」「神からの授かり物」と褒めそやされた。黄金のユールなら、さらに称賛の声はすごかっただろう。

しかし時が経てば「宝の子」は大人になる。鉱脈を探し当てた力は失われ、鉱山から金属は採れなくなる。古い時代には力を失った宝の子はうち捨てられたりもしたようだが、女王は自分の子どもたちを王家に引き取ってくれたのだ。

「金の坑道に入ったら、金がどんどん見つかったんだろ？　いいなあ、綺麗だろうな」

サーシャは明るい雰囲気にしたくて、声を張り上げた。見張りの兵士がちらりとこちらを見たが、咎められなかった。

「金山のことなんて覚えてない」

「そう？　オレは銅山とか坑道のこと、いっぱい覚えてるよ。銅の鉱脈がランプの明かりに映えてきらきらしてた。オレが指さしたところから、緑色の孔雀石がざくざく出てきたり」

思い出に頰をゆるめるサーシャに、ユールは吐き捨てるように言う。

「そんなにラガンが良かったら、ひとりで帰ればいい」

「オレは帰らない。だって王の弟の雷竜のロウエンと結婚するから」

ユールは目を合わせようとしないが、尋ねてきた。

「相手は王じゃないのか」

「王には黄金の君じゃないからと断られた。でも、ロウエンが結婚したいと言ってくれた」

「身代わり花嫁にされた上、相手が差し替えになったのに、よくそんな嬉しそうだな」

「オレはロウエンが好きなんだ」

ふうんと氷のような冷たい声でユールは返す。

「――だから、お前に腹が立つんだ」

サーシャは耳を疑った。なぜそんなことを言われる？

「本来だったらお前が立つ資格のない、僕がいるべきだった場所で、楽しそうにして」

カッと怒りが腹の底からこみ上げる。

「いやがって駆け落ちしたのはそっちじゃないか！」

デリンゲルの王家に嫁ぐのは黄金のユールだったはずなのに……！

しかしユールは恨みのこもった眼差しをこちらに向けてくる。

「お前はいつも好き放題、人目も気にせず自由に暮らしていた。こっちは黄金のなんのと注目されることばかりで、毎日が窮屈でつらかったのに」

えっ？　とサーシャは疑問の形に口を開けたままこわばっていた。尊い黄金の君と呼ばれていた兄は、何を言っているのだ？

「のびのび振る舞うお前が、憎らしくてたまらなかった」

「で、でも、憎まなくても。なにか恨みが……？」

「うらやましかっただけだ。銅の精に生まれたくせに、王家に来ても、遠慮せず思うままに振る舞って、楽しそうに暮らしてるお前が。フェラスともすぐ仲良くなって、剣を教えてもらっていた。僕が話しかけても、フェラスはかしこまってばかりで、笑顔ひとつ見せなかったのに」

これがユールの本音か。自分はそんなふうに見えていたのか。自分では王家の中で遠慮して窮屈に暮らしてきたつもりだったのに。サーシャはしばし固まっていた。言うべき言葉が、バラバラになって形にならない。必死にかき集め、いったん口にすると今度は止まらなくなった。

「オレ、そんな楽しそうに見えた？　オレだってユールがうらやましくてたまらなかったのに」

ユールは答えない。

「尊い黄金のユールは生まれながらにしてラガンで大切にされて、オレは銅の精だから、誰にも目をかけられることもなかった。みんなの扱いが露骨に違うのがいやで仕方なかった」

「尊くなんてない」

「みんな、『黄金の君』のユールをちやほやしてた。ユールしか見ていなかった。オレは悔しくてたまらなくて、デリンゲルに行ったら騎士になって好きに生きられると思っていた」

言いながらも気づく。自分がいかにユールのことを知らなかったのか。そして彼もまた。お互いに相手を妬ましく思っていたのか。

「デリンゲルに帰りたいのか」

「ロウエンのところに帰る」

ふたりはしばし沈黙した。今まで心に抱えるだけで言えなかったことを言い、サーシャはどこかすっきりとした気分になった。ユールも少し表情が和らいで見える。

今だ、とサーシャは尋ねた。

「ユールはずっとここにいたいの？」

「…………」

「ここの獣人たちは、デリンゲルと戦争をするつもりかな？　そのときはユールも戦うの？」

ユールが長い睫毛の目を伏せる。フェラスとともに戦うと言い張るかと思ったが、何も言わない。

「獣人の国のエギクスは二つの勢力に分かれてるって聞いた。こっちは妖魔と手を組んでいるサックス王子派なんだろ？　フェラスも妖魔を宿している。ユールも妖魔と契約を結ぶつもりなのか？」

獣人の王子サックスは獣人の体に妖魔を乗り移らせて、魔の力を宿した超人的な獣人戦士を作りだしていると、ロウエンが言っていた。その意味が実際に見て分かってきた。黒い影は妖魔自身で、宿主の力を増幅させて戦わせるのだ。

「フェラスには魔力の強そうな妖魔が取り憑いている。あれは彼が望んだことなの？」

サーシャの言葉にはじかれたように、ユールは顔を上げる。

「ラガンからの旅の途中、西エギクスに入ってから、僕が知らないうちに妖魔が憑いていた……全く人が変わってしまった。前はあんな残酷じゃなかった」

ユールの頬に涙が一筋伝った。

「ラガンから連れて逃げてって言ったときには、自分でいいのかってためらって、でも僕と一緒にいるのが嬉しそうだったのに。ときどき、もとのフェラスのように見えるときがある。でも、ここにいる獣人たちと同じように振る舞うことの方が多い」

やはりフェラスは妖魔に心を喰われてしまったのか。

「ユールは獣人の国で生きていくの？」

考えたくない、唇を嚙みしめたユールの表情がそう言っている。

「……分からない。どこにいていいかも、何をしたいのかも」

「フェラスと一緒だったら、どこでもいいのか？」

「……フェラスはきっと僕のことなんか求めてない」

呟くような哀しげな声に、サーシャは胸が痛くなった。こんなひどい境遇に落とされても、ユールの想いはフェラスにある。

もし獣人たちと一緒にユールが戦い続けて、デリンゲルの軍と対決することになったら。サーシャはデリンゲル王弟の伴侶として、また地の精の国ラガンの王子として、敵を滅ぼさなければならない。だとしたら。

ユールが殺される。

そう思ったとたん、牢の中からユールに手を伸ばした。

「ユール、オレと逃げよう」

できるだけ声をひそめ、そっとささやいたが、ユールが顔をしかめ遠慮ない声を上げる。

「そんな真似できるわけないだろ」

サーシャは唇の前に指を当てて、「静かに」と頼んだ。

「デリンゲルに攻め込んで、竜人と戦うには、この軍は勢力が足りないんじゃないか」

「お前に何が分かる」

「オレが知ってるのは、ロウエンがラガンだけじゃなく、東エギクスの王とも同盟を結ぼうとしてること」

ユールが愕然と目を見張るが、サーシャは続けた。

「それに竜人は強い。ロウエンを見ているとその強さに驚く。特に雷竜の威力はすごい」

剣を取る必要などないロウエンの雷電の威力を思い出し、サーシャはぶるっと身を震わせた。

ロウエンひとりで戦えるわけではないが、竜の姿になって隊列を組んで攻め込めば、この陣にいる獣人たちはあっという間に滅ぼされるのではと思った。

「妖魔を体に宿せば、獣人でも竜の体を嚙みちぎれる」

「でも、ここの獣人軍はきっとユールのことを護ってくれない」

サーシャは青ざめたユールの顔から目をそらさない。

「オレはユールをここから助け出したい。一緒に逃げよう」

自分の言葉でユールの心が変わるように祈った。

「でも、フェラスが」

最後はそこに心が残ってしまう。ユールは自分を護ろうともしない獣人の男のことを愛しているのだ、どうしようもなく。想いに囚われる彼を、見ていて切なくなる。

「あんなやつがいいのか?」わざと言ってみる。

「妖魔を宿してから変わってしまっただけだ。なんとかしてもとに戻したい。妖魔に憑かれると死も恐れなくなるんだ。このままでは……妖魔に操られるがまま、フェラスが死んでしまう」

声を振り絞るユールに、ずきりと心に食い入る痛みを感じる。彼はこんな状況になっても、愛する人をなんとか救おうとしているのだ。あの高慢だったユールが、ひとりで。こんな境涯に落とされても。

サーシャは少しでもユールの力になりたかった。しかし今やるべきことはラディアを助けて、デリンゲルに戻ることだ。

「オレにできることはない？」

「何もない」

ユールは俯くだけだった。そんな力ない様子を見ると、胸のずきずきする痛みが深くなる。

「じゃあ、残ったらいい。その代わり、オレとロウエンの妹のラディアを逃がしてほしい」

「逃げられないよ。獣人の足は速いし、あの竜人は飛べないんだろう？」

「ここでずっと囚われのままでいたくない。ユール、お願いだ」

ユールは逡巡していたが、やがてうなずいた。脱出は辺りが闇に包まれる時刻まで待つことになった。

牢番といってもやる気のない見張りたちは、酒を飲んだりカード賭博に興じたりしているのが、サーシャからも丸見えだ。

闇に紛れてユールが近づいてきた。どこからか持ってきた鍵で扉を開けた。

サーシャは素早く牢の外に出た。すぐに別の方向へ向かうユールの背中を追いかける。

ユールが向かった先の暗い牢の片隅に、うずくまるラディアがいた。

「ラディア、オレだよ。早く逃げよう」

怯えきって叫び声を上げそうな顔に向かって、静かに出るようにと小声で伝える。こわばった体がよろよろと這い出してくる。

真剣な顔のユールに目顔で礼を伝える。彼が手で方向を指し示してくれ、サーシャはラディアの手を引いて走り出した。

後ろ髪を引かれながらも、サーシャは振り向かず走る。暗い森の中、歩哨がいないところを狙って突破する。ラディアが転んで悲鳴を上げた。

「捕虜が逃げたぞ！」

しまった！　と恐怖に全身の毛が逆立つ。バラバラと足音が迫ってくる。

ラディアを助け起こそうとしても、呻き声を上げるだけで動こうとしない。置いて逃げてしまいたいが、ロウエンの妹をそのままにしておけない。

結局また捕まるのか……。ラディアを背にかばったサーシャに、松明を手にした獣人たちが迫ってくる。そのひとりが華奢な金髪の男を引きずっているのを目にし、サーシャは心の中で悲鳴を上げた。ユールが自分たちを逃がしたと、獣人たちに知られてしまったのだ。

フェラスの前に引きずり出されたユールは、うなだれたまま動かない。ラディアは状況が分かっておらず、放心している。サーシャだけが歯がみしながら、その場にいた。

「結局お前も、私を裏切るのだな。弟を助けてやってくれと頼むから、命は取らなかったのに」

サーシャははっとした。ユールが、捕らえられた自分の命乞いをしてくれたのだ。

どうして裏切り者呼ばわりされても、ユールは何も言わない？　好きな男なら、何をされても許すのか？

妖魔の黒い影に覆われた灰色狼の男は、ユールをおとしめ、尊大な口調を変えない。

サーシャにはユールの気持ちが分からなかった。ただユールは彼に申し開きはしないだろうということだけが分かった。

「まったく腹立たしい。身代金を取るよりもデリンゲルの姫を八つ裂きにして、王宮に送りつけてやろうか」

「ラディアはお前たちのことに関係ないだろっ！　オレたちをデリンゲルに無事に帰した方が身のためだぞ」

サーシャは叫んだ。ラディアは真っ青な顔のまま震えている。

「私は身の内に妖魔を宿しているのでな。いったん怒ると凶暴になってしまい、血を見るまではなかなか鎮まらなくて困るのだ。王弟の妃の方が、血の勢いが良さそうだな」

「オレを八つ裂きにしたら、雷竜の怒りが落とされるよ」

「それも面白そうだな」

残酷そうな物言いの中に時折、苦しげな表情が混じるのに、サーシャは気がついた。

「その言い草は、あんたの中にいる妖魔が言わせてるのか？　あんた自身がそう思うのか？」

フェラスが黒い影に覆われた目を剝く。唇が震えたが、答えはなかった。妖魔に取り憑かれても、心のすべてを失ったわけではないのかもしれない。

「私は竜人に恨みがある。エギクスとデリンゲルの国境であった戦のとき、父は雷電で崩れた城の下敷きになって死んだ」

サーシャは言葉を失う。

「そうだ。お前の大事な雷竜殿下の一撃だ。城の石の装飾が崩れて、城から逃げようとした下働きの者たちが埋まってしまった」

「そ、それは……」

ロウエンのせいでないと言いたかったが、彼が今でも戦いを拒否する原因の一つだ。ロウエン自身が責任を感じている。

「お前の亡骸を放り出せば、あの雷竜の心を痛めつけてやれる」

「……ロウエンが復讐しに来たら」

「戦だな。私が滅びるか、あいつがやられるか」

そして戦の連鎖が止まらなくなる。際限もなく命が失われる。ロウエンの言葉が脳裏に蘇る。

「馬鹿みたいだ。なにひとつ、いいことがないのに」

「お前に何が分かる」

「ここにいる獣人のみんなは、あんたと一緒に滅びたいの？」

サーシャはフェラスから視線をそらさない。

「あんたはそれでも妖魔とともにありたいの？」

「その目で俺を見るな！」

「オレは魔除けの孔雀石の眼だ。妖魔はフェラスから離れろ！」

フェラスはサーシャの瞳を恐れるように顔を背けた。

「こいつを牢に戻せ！」

バラバラと兵士たちが駆け寄って、サーシャを引きずっていく。

「放して！」

同じように連れていかれるラディアが、悲鳴を上げる。

「オレは牢でいいよ。銅の精だから土は好きだし。でもこの人はもうちょっと丁寧に扱ってくれないか？　デリンゲルの王女なんだから」

サーシャは少しでもフェラスと話がしたくて、必死に続けた。こうやって言葉をかわすことで、彼を妖魔の側から引き戻せないだろうかと思った。

「うるさい」

「ちょっとでも恩を売っておけば、あんたが捕虜になったとき、この人が助けてくれるよ、きっと」

「早く連れていけ」

サーシャはふと気が付いた。

「どうして、あんたたちはデリンゲルの王女が国境まで来るって知ってたの？」

「そんなことはどうでもいい」

「ワイラードっていう竜人を知ってる？　そいつも妖魔に取り憑かれてるんだけど」

「そんなやつは知らん」

「マグビズ将軍は？」

フェラスは追い払うように手を振った。しかしフェラスの頭のあたりで蠢く妖魔はぐにゃりと歪んで嘲笑ったような気がした。

フェラスはラディアが王女だと最初から知っていて、奇襲を仕掛け拉致した。サーシャが何者であるかも知っていた。ワイラードとマグビズ将軍が、この獣人たちの軍に自分たちの動きを漏らしていたとしたら。

頭の中でいろんなものが繋がっていく。ラディアが国境での会談に出向くことに王の許可が下りたということは、マグビズ将軍は反対しなかったということだ……！

ロウエンが危ない。

ワイラードとマグビズが、彼に何か仕掛けているかもしれない。

サーシャは冷たい手で心臓を強く握られたような気がした。

そのとき、獣人の伝令が走り込んできた。

「竜の一群がこちらを目指して飛来しています」

フェラスの目が輝きだした。

「ほらみろ、戦をしたがるのはどっちだ？」

飛竜の部隊!? ここを攻撃するのだろうか？

「よかったわ、やっと助けが来るのね」

ラディアは溜息をついたが、サーシャは蒼白になった。

「ここにオレたちがいるって分かっているかな。飛竜の軍に上から火を噴かれたら、ひとたまりもない」

「そ、そんな、声を上げたらいいんじゃないかしら」

「ラディア、お願いだ。竜の姿になって飛んでいってほしい」

「む、無理よ。もう十年くらいやってないし、私、飛べないって言ったでしょ」

「飛べるかも。やってみなよ」

伝令の知らせを聞いていたフェラスが哄笑した。

「おい、面白い知らせだ。先頭を飛ぶのは雷竜だぞ。激しい雷電を放っているので、すぐ分かったそうだ。お前がいるのに雷電を落とすつもりか」

「まさか」

サーシャとラディアは凍りつく。

ロウエンは助けに来てくれたんだ。王が許して、ふたりを救出するために牢から出してくれたんだ。サーシャはそう思いたい。しかし雷電で攻撃しながら飛んでいるというロウエンが想像できない。あんなにも彼は戦うことを拒否していたじゃないか……。

「雷電で攻撃する気満々だな。面白い。受けて立つ」

「受けて立つなんて悠々と言ってる場合か？　あんた、死にたいのか？」

「俺は命など惜しくない」

危機的な状況が見えないかのように笑うフェラスの傍らで、無言のままでいるユールを見て、その言葉を思い出す。

〈妖魔に憑かれると死も恐れなくなるんだ〉

「我々は死も恐れぬやつが欲しいのだ。こいつが生き延びれば、獣人の王にしてやってもよい」

フェラスの声が、奇妙な響きを帯びた。顔を取り巻く影はいよいよ濃く、サーシャにはもうその表情は見えない。

——フェラスじゃない？　今話しているのは妖魔⁉

凝然としてその顔を見守っていると、フェラスに取り憑いたものはしゃべる。

「いくら俺を見ても、こいつからは離れないぞ、孔雀石の眼」

孔雀石の眼、そう呼ばれて、ワイラードと話したときの身の凍るような恐怖が蘇る。

「俺はもうこの男の魂に根を下ろしている。孔雀石の眼に見られたくらいで離れることはない」

「お前たちは何のために取り憑いてるんだ？　オレの知ってるやつは竜人に取り憑いて、獣人を攻撃するみたいだった。お前たちは何のために誰と戦う？　敵は竜人なのか？」

背筋に冷や汗を感じながら、サーシャは声を振り絞る。ユールも恐怖に金色の瞳を見開いている。

「獣人と竜人を戦わせる」

フェラスの声だが、抑揚のない奇妙な物言いが続く。

「死んだらこの体を離れるだけだ。勝ち残った強いものに取り憑いて、我々の世の中を作り上げる」

黒い影の塊にしか見えないフェラスは、どこか楽しげに言った。

「我々は雷竜が欲しい、あれはとても強い。妖魔の間でも取り合いになっている」

ぞわっと全身の毛が逆立つ。身のうちに広がる恐怖を必死で抑える。

「お前たちにロウエンはやらない！」

遠く響く雷鳴が聞こえる。

「来たぞ。狂える雷竜が」

フェラスは喉の奥でくっと笑った。

「斃すことができるかな。この獣人に」

「フェラスから離れろ！」

いきなりユールがフェラスに飛び掛かり、胸倉を掴もうとして、その腕に倒された。その刹那、雲が晴れるようにフェラスの哀し気な瞳が見えた。

「フェラス！　もとに戻れないのか⁉」

サーシャの叫びにフェラスの表情は揺らぐ。しかしそれも一瞬だった。その顔はまた影に隠れ、廃城の外の広場に向かって、フェラスは走り出した。

「来い、雷竜よ！」

弓を構えて空に向ける。獣人の兵士たちも同じように構えた。

空の遠くに一点、黒いものが見え、見る見る大きくなっていく。

一群の雲のように多くの竜が飛行している。先頭に立つ大きな黒い姿を見て、サーシャは心臓が痛くなるほどの衝撃を受けた。

暗黒の雷竜が紫の稲妻を放ちながらやってくる。全身から強烈な殺意のような怒りを感じる。

──なんで⁉　いつも誰かを傷つけないように生きていたロウエンが、こんなになっている理由が分からない。オレがいなくなったくらいで？

雷竜はフェラスの復讐の念を凌駕するかのような、激しい憎悪の塊になっている。

火を噴く竜の攻撃と違い、雷電は上空高い位置からの攻撃が可能だ。サーシャがここにいることを分かってくれるだろうか？

「逃げて！」

サーシャは周りにいる獣人たちを見まわした。

「このままじゃ雷電に打たれて、矢も届かないまま死んじゃう」

サーシャの孔雀石の色をした瞳に見つめられた獣人兵士たちに、動揺が走る。サーシャに助けを求めるように見つめる者たちに、サーシャはうなずいた。

「逃げるんだ。逃げていい」

フェラスだけが微動だにせず、竜が射程に入るのを待ち構えている。

「復讐だ。雷竜に一矢報いてやる」

「報いる暇ないって！　当たらないまま死んじゃっていいの？」

獣人たちはサーシャのところに逃げてくる。まるでそこが一番安全な場所だというように。

サーシャはラディア、獣人たちを背後にかばいながら、ロウエンに向かって叫んだ。

「ロウエン！　オレ、ここで無事だよ！　大丈夫だから！」

しかし声は届かない。

「兄上がこんなにお怒りなの、初めて見たわ……」

ラディアが後ろで呟く。

「オレも見たことない。なんでだろ、何怒ってんだ」

〈雷竜の力を解き放つ〉

〈正気を失わせて、強力な兵器とするつもりだ〉

ロウエンは心を失っている？　サーシャは身を震わせる。

ロウエンを牢から出したのは王の命令だろう。それは妖魔に支配されたワイラードの思惑に沿ったものに違いない。雷竜の力でエギクスを制圧するために。

しかしいつものロウエンだったら、そんな王命に従うわけがない。

なぜロウエンが、心を失ってしまったのか分からない。まさか彼までも妖魔に憑かれたのか？　全身黒い雷竜なので、黒い影に取り憑かれているか、目を凝らしても分からない。

廃城の上を雷竜が旋回する。すさまじい風が地上にまで吹き付けてくる。飛竜の一群もその勢いを恐れるかのように、離れたところを飛んでいる。

サーシャは何度もロウエンの名を叫ぶが、声は風に吹き飛ばされてしまう。それでも気づいてほしくて、叫び続けた。

もしロウエンが、自分やラディアを攻撃してしまったら。

後でそれをしたのが自分自身だと気づいたら。

「私たちのことが分からないのね」

ラディアの声も震えている。

「ロウエン！　聞こえる？　オレ、ここにいるよ！」

ゴロゴロと重く響く雷鳴に消され、声は届いていない。雷竜の目が捕らえているのは、弓を構えるフェラスだけのようだった。旋回する黒い体をバチバチと紫の火花が覆うのが見え、次第に光が膨れ上がるのが見える。

雷電が放たれる！

「駄目！　フェラス、逃げて！」

ユールがふらつきながら走り出し、フェラスに駆け寄ろうとする。サーシャはとっさにユールを引き戻す。よろめくユールを追い越し、一心に駆けてゆく。

弓を構えるフェラスに体当たりして突き倒し、その場で両手を高く上げる。ロウエンに見えているだろうか。

サーシャは天に向かって手を差し伸べながら、記憶を蘇らせる。母の手紙には確か……。

足を踏ん張り、大地を意識する。手の先から体を通し、足の裏から大地に繋がるよう、己の中に道をつくる……。

雷電の通る道を。

「ロウエン、オレはここにいるよ！」

手を高々と上げて叫んだその刹那、辺りがしんと静まった。声が届いたような気がした。

雷竜の目がサーシャを捕らえた。孔雀石の瞳に力を込めて見返す。はるか上空にいても、雷竜がはっと動きを止めたのが分かった。雷竜を重苦しく覆う黒い影がぱっと散った。自分に気が付いてくれたのか！

しかしそれは紫の光に包まれた雷竜から、轟音とともに雷電が放たれたのと同時だった。刹那の喜びは、すぐに衝撃に消えた。

しかしサーシャは覚悟を決めた。やれる。やる。

すさまじい紫の閃光が自分に向かって落ちてくる。

高く上げた自分の両手で雷電を受ける。自分の中を通すのだ、大地に向かって……。

一瞬のことなのに、受け止めるまで不思議なくらい、時間がかかったような気がした。眩しくはぜる光が、天に向かって伸ばされた手に吸い込まれた。

〈雷電を受け止めてまっすぐ大地に通す。銅の属性を持つそなたにはそれができる〉

体の中の道を、雷電の強大なエネルギーが通っていく。熱く激しい塊が自分の中を一気に駆け抜ける。自分の存在が揺らいで、ともに光のかけらになってしまうかのようだ。

激しい衝撃に、目の前のすべてが紫の光を帯びた白に輝く。

轟音とともに、土煙が上がり、サーシャの目の前から光が消えた……。

「サーシャ！　お願いだ、目を開けてくれ！　すまない！　君がいることに気が付けなかった。生きてるか⁉」

ずっとずっと聞きたかった声が耳元でする。誰よりも愛おしい人の声が……。

同時に大きな手に、脳が痛くなるほど、ぐらぐらと揺さぶられる。

「……ちょっ、ロウエン、オレ、大丈夫だから……」

うっすら目を開けると、悲愴な表情で目を潤ませた雷竜の男がいた。

——立派な雷竜なのに泣きそうな顔して。この人って、こんな心配性なんだな。

くすっと笑いたい気分だが、全身が痺れたように動かない。地面から腕を上げることもできない。せめて指先でロウエンに触れようとしたとき、がばっと抱えるように起こされ、抱きすくめられた。

「うわぁっ」

「サーシャ、君が無事で良かった……」

泣いているのか？　何よりも大きくて強い雷竜のくせに。

「……泣くなよ、オレ、こんなに元気だよ」

ロウエンはぎゅっとサーシャに頬ずりをした。

「君の亡骸を見せられて、怒りと悲しみのあまり、我を忘れていた。あやうく、本当に君を死なせてしまうところだった。雷電を落とした瞬間、君と目が合った。その瞬間に正気に返った」

「オレの亡骸!?」

「ああ、雷竜の塔の牢から引きずり出され、ワイラードとマグビズ将軍が私に見せたんだ。あれはいったい……」

ロウエンは深く眉間にしわを寄せ、厳しい表情で考えこんでいる。サーシャはロウエンの腕の中で、やっと起き直り、辺りを見回した。

雷電は自分が受け止めて大地に通したのだ。立っていた場所が衝撃でえぐれているが、周りにいる獣人たちは大丈夫だった。少し離れたところにうずくまるフェラスと、彼に寄り添うユールが見える。ラディアも無事で、ロウエンとともにやってきた竜人の騎士たちに保護されている。

「よかった。みんな大丈夫だ。母上が教えてくれたとおりだ、ありがとう」

遠い祖国の母に感謝する。

「女王が避雷の方法を教えてくださったのか」

「うん、オレは銅の精だからできるって。銅は雷電を大地にまっすぐ伝えるんだ」

サーシャは晴れ晴れとした顔で笑った。

「オレ、生まれて初めて、心の底から、銅の精に生まれて良かったって思ってる」

ロウエンがまた涙をこらえるような顔になったので、サーシャから首に抱きついた。

「泣くなよ」

「君がいてくれたから、地上にいた者たちの命を奪わずに済んだ。もしかつてのようなことがあったら、もしそれが君だったら、私は——」

掠れた熱い声が耳元で震える。

ロウエンの激しい雷電が落ちたが、誰も死ななくて良かった。

ああ、この人の心を護ることができた。サーシャの胸も熱くなる。

「どんなときもロウエンと一緒にいられるのは、きっとオレしかいないね」

「ああ、私の伴侶は君だけだ」

そのまま唇を重ねる。熱い舌を受け止め、ロウエンのうねる髪をなだめるように梳く。肉厚な舌が歯列をなぞり、口腔の奥深くまで舐め回す。じんと熱いものが舌を通って、体の深いところに溜まっていくようだ。

気持ちいいと同時に体が痺れる。ロウエンの興奮が雷電になっているのか、さっきの影響がまだ残っているのか。サーシャは息をついたが、それすらもロウエンに奪われてしまう。

ロウエンはサーシャの舌を誘い出し、激しく吸い付いてくる。

頭の中が霞がかかったようにぼーっとしてくる。

獣人たちの前だというのに、もっともっと欲しくなる。

口づけに夢中で、サーシャは誰かを乗せた一頭の竜が近くに舞い降りたことにも気がついていなかった。

「サーシャ様！　ロウエン殿下！　よくぞご無事で！　おっとぉ、お元気そうで何よりです」

竜から飛び降りた従者のレンが、目を見張って立ちすくんでいる。

熱いキスの現場をみなに見られていることに気づき、サーシャは頬を真っ赤に染めた。しかしロウエンは、サーシャを抱きしめたまま、冷静な声で問う。

「何の知らせだ？」

「王がワイラードとマグビズ将軍を捕らえました」

「容疑は？」

「ロウエン殿下から雷竜の怒りを引き出すため、サーシャ様が亡くなったように装った罪です」

そんなことまでしてロウエンの怒りを引き出そうとした。サーシャはワイラードの不吉な美貌を思い浮かべて、ぞくりと身を震わせた。

「ロウエンはほんとにオレの亡骸を見たの？」

「半分以上炎で焼かれていた。顔が判別できないようにしていたのだな……。誰かの死体をわざわざ髪を銅色に染めて、私に見せたのか」

「オレだと信じたの!?」

「顔も手脚も焼けただれて見分けがつかなかったが、君の服を着て胸にいつも着けている孔雀石のペンダントがあった。それを見た瞬間、頭が怒りで煮えたぎり、自分を失ってしまったのだ」

フェラスたちに拉致されたときに、服とペンダントは奪われてしまった。それはわざわざワイラードに自分の死体を偽装するために渡されたのだ。

ロウエンを追いつめるための陰謀に、サーシャはぞっとした。そのとき自分を殺さなかったのは、さらに深く恐ろしい淵にロウエンを追いやる企てがあったのかもしれない……。

「雷竜の姿となってエギクスへ飛ぶロウエン殿下を、慌てて騎士団で追いかけたんです」

騎士団の副団長が口を挟む。ロウエンはいぶかしげに騎士団の面々を見回した。

「ウィルカはどうした？」

サーシャもあたりを見回す。いつも忠実な騎士団長の姿がない。レンが説明する。

「団長はワイラードやマグビズ将軍を制圧しました。サーシャ様から聞き、彼らの動きがおかしいと調べていたのは団長です。やっと証拠を掴んで陛下にお認めいただき、逮捕することができました。陛下はなかなかご自分の誤りをお認めにならなかったのですが」

「ではワイラードは？」

「はい。サーシャ様のおっしゃるとおり、妖魔に操られてました。さらに陛下を取り込もうとしていたのです」

ワイラードはライン辺境領での戦いで西エギクスの獣人たちの捕虜になり、妖魔に取り憑かれた竜人に仕立て上げられたのだという。

次々に明かされる状況に、サーシャも興奮して耳を傾けていた。

「ワイラードが怪しいと最初に気づいたのは、サーシャだ」

厳しい口調で話していたロウエンが、ふと甘い声音になる。自分を見る眼差しも露骨なほど優しい。やめろよ、人前でそんな甘い感じ。と思いながら、サーシャも話に加わる。

「あの男は顔に黒い靄みたいなものがかかっていたんだ。顔が見えなくなって気味が悪かった。オレに向かって、正体をばらしたら城のみんなを皆殺しにすると脅したんだ」

「そんな男の計略に引っかかり、怒りに我を失って暴走してしまった。私の怒りの雷電を全身で受けとめて、みなを救ってくれたのもサーシャだ」

だからやめろよ、人前でうっとりした顔でオレを見るのは。と心の中でロウエンに突っこむ。

愛しげに目元を緩ませるロウエンと、もの言いたげなサーシャを、騎士団一同はにこやかに見守っていた。

そこへ竜人兵の伝令が駆け込んできた。

「東エギクスのエデル王率いる軍隊がこちらに向かっています！」

みな顔を見合わせた。ロウエンは表情を引き締める。

「当初の会談のために来てくれたのだろうか。こちらも会見の支度をせよ」

＊＊＊

「兄上は妖魔に取り憑かれた竜人に騙されて、私とロウエン兄上と許嫁であるサーシャを危険な目に遭わせたのです。どう責任を取るおつもり？」

怒りを帯びたラディアの声が響き渡る。王は玉座で気まずそうな顔をしている。ロウエンとサーシャは王の御前で顔を見合わせた。

妖魔は王に取り憑こうとしたが、支配するまでは至らなかったようだ。しかし危ういところだったと、ウィルカは語った。ワイラードは完全に妖魔の支配下にあり、マグビズ将軍も精神の奥深くまで妖魔に入り込まれていた。

ウィルカに捕らえられたふたりは、ともに自害してしまった。妖魔は自分が危うくなると寄生した宿主を死に至らしめ、自身は逃走してしまう。ウィルカは妖魔を捕らえるすべがないと、悔しそうに言った。

「正体が分からなかったのだ。それにロウエンを獣人国との戦いに乗り気にさせる良い方策があると言うゆえ」

「エギクスとの戦いは望まないと、何度も申し上げたはず」

ロウエンもわざと怒ったように厳しい声を張り上げる。ラディアがちらりとこちらを見て、うなずいた。

「私、今回のことで兄上に失望しましたわ。王でありながら、弟と許嫁の仲を裂こうとしたこともですし、エギクスの国の状況も知らず戦おうとするなんて」

デリンゲルとエギクス国境に雷竜が現れ、強力な雷電を落としたことで、東エギクスの王が率いる獣人たちの軍隊が駆けつけた。もともと約束していた会見に、デリンゲル側が応じなかったと思われており、両国の関係は一触即発の危機と受け止められていた。

王弟ロウエンから、西エギクスの陰謀について説明された東エギクスのエデル王は、その後くれた。

の話し合いに誠実に応じた。牢生活で衰弱していたラディアを、自分の城まで案内し休ませて

そこでまさかの一目惚れが始まるとは。

獣人に嫁ぐのは嫌だと言っていたはずのラディアと、黒狼の王が三日後には手に手を取って婚約すると宣言したのだ。

あれほど苦労して難航していたエギクスとの結婚問題が、いとも簡単に実現してしまい、ロウエンはしばらく放心していたくらいだ。

ラディアはいったんデリンゲルに戻ったが、今すぐにでもエデル王のもとへ嫁ぎたい様子で、侍女たちをせかし、せっせと輿入れの支度をしている。

そして今、兄王に考えを改めることを迫り、東エギクスとも同盟を結ばせようとしている。

「ラディアの突破力には感嘆するが――」

サーシャの耳元で、ロウエンがささやく。

「私が今までやってきた苦労は何だったんだろう？」

「いいじゃん、あんなに喜んで結婚するんだから」

ロウエンはこの件に関して、意外なくらい愚痴ってくる。思ったよりもヘタレなのかもしれない。そんなところが可愛いかったりする。

「それより、ロウエンはやることといっぱいあるだろ」

東エギクスのエデル王を陥れようとする西エギクスの勢力から力をそぎ落とす。デリンゲル

としてやらねばならないことは、たくさんあるはずだ。

「そうだな。たくさんある。まずは結婚だ」

「ラディアがもう頑張ってる」

ロウエンは眉をひそめた。

「そうじゃない。我々のだ」

「オレたち？」

「もう待てない。今決めて、王に報告しよう。ちょうど御前にいるのだから」

え、あ、でもと呟きながらも、確かに待つ必要はないことに気づき、サーシャはうなずいた。

「うん、結婚しよう」

ロウエンは立ち上がった。ラディアの攻撃にたじたじとなっていた王が、助けを求めるような視線を向ける。

「ラディアの婚礼と合わせて、我々も婚礼を挙げます。デリンゲルは東エギクスとラガンと同時に同盟および婚姻という絆を結ぶことになり、これほどめでたいこともないでしょう。これもすべて王のお力です」

「う、うむ、そうだな」

王を責めていたラディアがむっとした顔をするが、ロウエンはそっと首を横に振ってみせる。

平和主義者の彼を、サーシャも支持したかった。

「三国が絆を深め、平和が広がれば、王のすぐれた治世をみな褒め称えるでしょう。素晴らしいことです」

並み居る人々も口々に素晴らしい、さすが王様と言い始めた。王も悪い気はしないようだ。

ロウエンとともに退出するときに、サーシャは人々の態度が違うことに気がついた。自分たちを見て、ひそひそ話も聞こえないし笑う声もしない。

「今日は誰もオレたちを笑わないね」

「誰が君を笑えるんだ？」

ロウエンは誇らしげに胸を張った。

「エギクスとの絆を繋いだのは君なのだ。王にも申し上げたし、王宮の会議でも報告した。いわばこの国の恩人なのだから」

蕩けるような笑みでこちらを見るロウエンが、自分のことを大事な会議でどんなふうに報告したのか。サーシャはひそかに身震いした。恥ずかしいことを言ったんじゃないか？

しかしそのおかげか、王宮の人々の目が全然違う。もう誰も自分のことを「黄金になれない花嫁」とは言わなくなっている。

「王がその気になってくださって良かった」

「さすがだね。王を乗せるのが上手い」

城に戻ってから、ロウエンとふたりでバルコニーで小さな祝宴を開いた。王は同盟を結ぶことを確約した。ロウエンの思っていたとおりの展開だ。

やっと美味しい酒が飲める。美しい彫刻を施した木のテーブルには、竜葡萄のワイン、果物、パンやチーズが並べてある。

「そして君は私を乗せるのが上手い」

「どういう意味？」

「君といれば、何でも上手くいくような気持ちになれる。いつも私の手を取って引き上げてくれる」

「……そうかな？」

そんなこと、考えたこともなかった。

「君以外の伴侶は私にはいない。この奇跡の出会いに感謝するしかない」

ロウエンは大げさだ、とサーシャは顔をしかめる。

「感謝は母上にしてよ」

「我々の婚礼に来てくださると聞いた。直接感謝をお伝えできるのが嬉しい」

ロウエンには言わなかったけれど、サーシャも母にはありがとうと言いたいことがいくつもある。雷電にどう対処するか、それも大事なことだけど、それよりもなによりも。

無理やりに見えたけど、デリンゲルへの花嫁としてくれたこと、今はそれに感謝したい。

花嫁になるはずだったユールのことがふと思い浮かぶ。ユールは結局、デリンゲルに来たらというサーシャの誘いには乗らなかった。

東エギクスの正規軍は、西エギクスのサックス王子配下の獣人たちを捕らえようとしていた。

フェラスは東エギクス軍が来る前に立ち去ろうとし、ロウエンはわざと見逃した。サーシャが頼んだからだ。

そしてユールはフェラスとともに行くことを選んだ。サックス王子の軍はさらに妖魔の国に近いエギクスの辺境へ敗走しているらしい。

別れ際、「黄金の君」と呼ばれた金の髪に縁取られたユールの顔を、サーシャはつくづくと眺めた。

ラガンの王宮にいるときから美貌だったが、今の強い意志を秘めた顔の方がずっと美しい。

「フェラスを助けてくれてありがとう」

初めてユールから感謝された。

「一緒に行くんだね」

きっぱりとうなずく金の瞳が輝く。

「いつか妖魔をフェラスの体から追い出す。僕がやってみせる」

「体に気をつけて。いつかデリンゲルに会いに来て」

ユールはほんのりと微笑し、「雷竜殿下とお幸せに」と小さい声で言った。

第六章

「母上、ご無沙汰しております」

サーシャは晴れやかな顔で母に対面した。ロウエンとサーシャの結婚式のために、ラガンからデリンゲルまで、地の精の女王である母はやってきてくれた。

土の精、鉱物の精、大地の子たちを統べる女王はダイヤモンドのように光り輝いて見えたり、土のように地味だが重厚に見えたりする謎めいた存在で、その不思議なオーラにデリンゲルの人々も自然と頭を下げていた。

ロウエンは恭しく、女王の前に跪く。

「ラガン女王に、サーシャ王子を私に授けてくださったことを感謝申し上げます」

「我が子がお世話になります。ロウエン殿下も息災であられるようで何より」

女王は同じく跪くサーシャに目をやった。

「そなたは自分の道を見つけたな」

唇には大地のような雄大な笑みが浮かぶ。

「はい。ロウエンと一緒にデリンゲルを護るために生きていきます」

サーシャは真新しい銅の鎧の胸当てと籠手を身につけ、見事な剣を腰に佩いていた。今回の活躍でデリンゲル王から騎士に取り立てられたのだ。

本当は甲冑一式を授かったが、顔が隠れてしまうし、さすがに婚礼にはいかつすぎると思って、騎士としては略装にしている。しかし胸当ての下にはロウエンが選んでくれた、鮮やかな孔雀石のような緑の木々の縫い取りのある絹の衣装を身につけている。輝く銅の装備に映える色だった。

「それがそなたの婚礼衣装か」

「似合うでしょ」

母は今度は小石が転がるように微笑んだ。

「じつにそなたらしい」

そして振り返った。

「どうした？　一緒に祝おうと言ったではないか」

女王の後ろから、そっと顔を覗かせた人を見て、サーシャは叫んだ。

「父さん！　来てくれたんだね！」

後ろからおずおずと出てきたのは、サーシャの父だった。見たこともない立派な正装の姿で、緊張がありありとその顔に表れている。

自分たちの結婚式のために、遠いラガンの銅山からやってきてくれたのだ。

「サーシャの父上でいらっしゃいますか」とロウエンが体の向きを変えて跪くと、慌てて「そんな、私には跪かないでください」と狼狽える。土の精である父はいつも遠慮がちだが、ロウエンを前にいっそうひどくなっている。

ぎこちなく挨拶を済ませた後、父はサーシャを「おめでとう」と抱きしめて泣き出した。サーシャは笑って父を抱きしめ返したが、目の奥が熱くなり、ぎゅっと目をつぶった。

「雷竜である弟ロウエンとラガン国第三王子、銅の盾の騎士サーシャの婚礼を執り行う」

王の宣言の「銅の盾の騎士」という呼び名に、サーシャはうっとりする。これはロウエンの雷電から、ラディアたちを護った功績に対して、王から授けられた。

「銅の盾の騎士」がいいか「孔雀石の護りの騎士」がいいか、それとも……とロウエンが三日三晩かけて案を山ほど作り、決めたものだ。

黒の正装のロウエンの隣に、輝く銅の色の騎士装束の自分がいる。少し前までは想像もつかなかった世界だ。

デリンゲルの王宮の主立った人々の前で愛を誓う。玉座の王の隣にはラガン女王の席が設けられ、竜王に比べると半分くらいかと思うほど小柄な体ながら、誰にも負けぬオーラを放つ母が座っている。その隣に緊張しながらも微笑む父の姿があるのが、嬉しくてたまらない。

玉座の前に膝を折り、婚姻の誓いの言葉を述べる。サーシャの石である孔雀石とラガン産のダイヤモンドと金で作られた竜をかたどった指輪が、ロウエンから贈られた。

「この孔雀石の竜に、愛を誓う」

ロウエンはサーシャの手を取り、指に嵌めてくれた。サーシャもロウエンの大きな手を取った。長い指に絡みつく緑の竜の指輪にそっとキスする。

婚礼の後の宴も、サーシャは夢見心地で過ごした。

「銅の盾の騎士様、おめでとうございます」

「ロウエン殿下、サーシャ様、おふたりはよくお似合いです」

王宮の人々からさまざまに祝福される。

「おめでとう。ロウエン兄上と末永く幸せに暮らしてね」

ラディアからも心の籠もった祝福をもらった。獣人たちに拉致され牢でともに過ごし、雷電から護られて以来、ラディアはサーシャに対して、自分の弟のように親しく接してくれるようになった。

結婚の祝いには、エギクスから婚約者のエデル王も駆けつけて、ラディアの隣に立っている。

「それにしても勇猛な姿の花嫁ね。あなたらしい銅色だけど。兄上のお好みなの？」

「これはオレの趣味」

サーシャは胸を張り、ラディアは笑い出した。

「本当にお似合いだわ。兄上を幸せにできるのはあなたしかないと思う」

「ラディアも幸せにね。エギクスの王様、今度はオレたちが祝福に行きます」

獣人の王は精悍な顔をほころばせてうなずく。エギクスの王とも顔を見合わせて笑えるようになったことに、サーシャは心の中で驚く。夢見ていたよりもすごい現実になっている……。

「夢より素晴らしい現実？　まだ何も始まってないのに？」

サーシャの言葉をロウエンがさえぎった。

「だって、こんなすごいお祝いしてもらったんだよ。何も始まってないなんて言うなよ」

ふたりはバルコニーから、結婚式を祝福する花火を眺めていた。

「始まってないというのは、今からの時間のことだ」

ロウエンはいきなり座っているサーシャの膝裏に手を入れて抱き上げた。

「うわぁっ」

「本当の婚礼も素晴らしい現実も、まだ始まっていない」

寝室の小さな部屋くらいもあるベッドが、四隅の柱も敷き布の上も花で飾られている。

「私がこのときをどれだけ待ったと思う？」

ロウエンはベッドにサーシャをそっと下ろし、深い眼差しで見つめる。

「サーシャ。一生、私から離れないでくれ。愛してる」

懇願から始まる愛の言葉。ロウエンらしかった。

「離れないってば。誓うよ、ロウエン」

唇に唇が重なる。胸に彼の心臓の鼓動が伝わる。いったん唇を離し、額に額を押し付けて、ロウエンは念を押した。

「永遠に？」

「永遠だよ」

ずっとずっと、生きている限り愛してる、そう言うと、ロウエンに骨がきしむかと思うほど抱きしめられた。

「い、痛いってば」

「愛してる」

強いのにヘタレな雷竜の恋人は、幾度も愛の言葉を繰り返す。ロウエンの首に腕を回しているサーシャは、はっとした。雷竜の髪がうねり出した。彼の興奮をその手で感じる。ビリビリと伝わってくる。火花が散るほど、愛されている。その心の動きを感じて、サーシャもぞくぞくする。

「ロウエン、オレも好きだよ」

ささやきかけると、ビリッとまた昂りが伝わってくる。それは性的な刺激そのもので、サーシャの背骨をぞくりと震わせ、腰まで甘く響いてくる。

重ねるたびに口づけが深くなる。長い舌がサーシャの喉までくるかと思うほど、口腔の奥まで攻めてくる。下唇を優しく食み、口に含まされた唾液が甘く脳を溶かす。

「ふ、う」

舌と舌で交接しているかのような、濃厚な口づけが長く続いた。それだけで、ゆるゆると全身が解けていく。

やっと唇が離れたとき、深い水底から引き揚げられたように、サーシャは大きく息をついた。

「ふわぁ」

とろんとした眼差しで見上げていると、ロウエンがサーシャの銅色の髪をくしゃくしゃとかき乱した。

「サーシャが可愛すぎて、おかしくなってしまう」

ロウエンは薄い夜着をさらりと脱がせ、ゆっくりとサーシャをベッドに押し倒した。覆いかぶさってくる体に、サーシャは見ほれた。盛り上がった胸筋、引き締まった腹筋、うらやましいくらい美しい。ふだん、サーシャより早く起きる彼なので、今まで着替えの姿すら見たことがなかったのだ。

「うらやましい、その筋肉」

ロウエンは愛おしげにサーシャの肌を撫でる。

「私はこの君の体が好きだ。白い肌がしっとりと滑らかで絹のようだ。筋肉もこのくらいがいい」

もっと鍛えたいと思っている胸筋に手を滑らせていたと思ったら、指がいたずらっぽく小さな蕾を摘まみ上げる。

「鍛えすぎないでくれ。この愛らしさをそのままにしてほしい」

強い指で胸の蕾をこね、唇を寄せて優しく吸う。唇で挟み、歯を当てて甘嚙みされると、サーシャは甘い悲鳴を上げ、体をくねらせる。

「いつも凜々しいのに、裸の体はこうも淫らで可愛らしいのか」

「やっ、もう、あん、そんなこと言うなっ！」

時折、薄い肌を強く吸ってくると、サーシャは熱い息をついた。口づけられたところが、しっとりと汗ばんでくる。

「サーシャの体はどこに口づけても甘い」

「な、に言って、あぁん、そんな、とこまで」

「今夜は全部どこまでも唇をつける。隅から隅まで、くまなくだ」

言葉通り、唇は思いもかけぬところまで這いまわり、サーシャは声を上げた。顔全体にキスを落とされ、首筋から鎖骨、脇まで舌でなぞる。

唇が臍を通る頃には、サーシャの陰茎ははっきりと頭をもたげていた。もう薄く涙を零しているそこに、触れられたくてたまらない。

しかしロウエンの唇は足の付け根から右足の太股へ滑る。触ってほしいのに……サーシャは唇を噛む。

「私は一番好きなご馳走は最後に食べる方だ」

「オレは最初だよ……」

ふるふるとじれったさに震えるが、ロウエンに大きく膝を割られ、彼に見られていると思うと羞恥心がこみ上げる。太股、ふくらはぎまで丁寧に唇でなぞられ、足指を口に含まれたとき、また声を上げた。

「そ、そんなとこ、や、あっ」

ぬめる口に吸われる足指から、身をよじりたくなるほどの快感が生まれる。まさか、こんなところまで気持ちいいとは知らなかった。

「足の指だけでもう先端から露が零れている。感じやすいところが、またたまらないな」

触らずに見つめ、ロウエンは呟く。いじわるだ。サーシャが触ってほしいところをずっとお預けにするつもりか……。

　ふいに指が伸びて、ぴんとはじくように先端に触れる。その刺激だけで、ぴゅっと雫が零れた。サーシャがたまらず声を洩らす。

「今の切ない声がいい。もっと声が聞きたい」

　指が鈴口をこじ開けるように触れてくる。

「あぁっ、ダメっ、やっ、い、いいっ」

　自分の口からとは思えない、はしたないほど甘い声が出てくる。

「声まで可愛くなるのは反則だな」

　ロウエンが驚くようなドスの利いた声を出してやりたい。そう思っても体の自由が利かない。先端にそっと小鳥のような口づけをされると、甘く呻く。そのまま熱い口腔に含まれ、待ち焦がれた快感に悲鳴を上げた。

「や、やだっ、そんな、う、うぅ」

　茎に吸いつかれ、熱い舌や唇でくびれを刺激されると、あっという間に追いつめられる。そこを愛撫しながら、ロウエンの長い指はその下にある未知の部分を探ってきた。

「あっ、やあっ、待って、そこは――」

　指が誰も触れたことのない部分を優しくこする。ぞわりと知らない感覚が体に湧いてくる。きゅっと唇がすぼまり、強く刺激してきた。

「あ、で、でちゃうっ、離して！」

このままではロウエンの口の中に放ってしまう。慌てて彼の頭を押しやろうとしたが、食らいついたまま離れない。

「あ、だ、ダメっ」

体が浮き上がるような絶頂感とともに、どくりと溢れるものを、全部口中に受け止められてしまった。出終わったあとに、やっと顔が離れる。ロウエンの唇から糸を引くように、己の精液が垂れているのが見えた。羞恥に震えているサーシャに向かって、雷竜の男は「全部欲しかったんだ」とこともなげに言う。

「そ、そんなもん、飲むなよ」

やっとのことで言葉に出したが、ロウエンは不敵に笑った。瞳が興奮の紫色に染まり、強く輝く。髪はうねり、かすかな火花を散らす。

そんな彼は見たこともないほど、生き生きと力に溢れて見える。これが雷竜本来の姿なのか。今までこの人はどのくらい自分を抑えてきたのだろうと思う。

「君のなにもかもが美味だ」

「今日のロウエンは、なんかおかしい」

涙目で抗議すると、ロウエンはぎゅっと抱きしめて頬をすりすりと寄せた。

「近寄りすぎると壊してしまうと思って、ずっとずっと我慢してきたのだ。でも女王から、君なら大丈夫と言われた。私の伴侶になれるのは君しかいないと」

そう、銅の属性の自分なら、大丈夫なはずだ。方法も母に教えてもらった。

でも本当にあんなところで繋がるのか？　サーシャの疑問に応えるように、ロウエンの骨ばった長い指が再び、太股を大きく開いた。「ひっ」と声を上げると、「私をそそるのも上手すぎる」とささやいた。

「そ、そそってなんかないっ！　痛そうかなって」

「初めてでも痛くないようにする。責任を持って」

ロウエンは小さな瓶を取り出し、甘く濃厚な香りのする液体を指に絡め、そっとサーシャの後ろの孔に塗り込める。指先の丸を描くような動きが、孔の縁を柔らかく開くものになり、指がじわりと侵入した。体がびくんと跳ねる。

ひだのひとつひとつに丁寧に塗り込め、指を出し入れするたびに、ぐちゅりといういやらしい音が響いた。長い指を奥まで呑み込まされ、サーシャは目を見張る。

「痛くはないだろう？」

耳穴を舐めるように、ロウエンの低い声がする。

「う、うん」

体の中をじわじわと探る指の感触に、サーシャは耐えた。体の奥をこすられ、むずがゆいような快感に満たされていく。ふいに指を曲げられると、まさかと思うような快感がはじけた。

「うぁっ、やっ、そこはだめっ」

「ここが君のいいところだな」

いったん探り当てた快感の印を、ロウエンは的確に攻めてくる。

「ロウエン、うぅ、や、やだぁ」

気が付けば指が増やされ、さらにサーシャを蕩けさせるなにかを掘り起こそうとしている。

「どうしてほしい？」

「う、あぁ」

サーシャは身をよじり、口からは喘ぎ声しか出ない。

でも、言わなければ。雷竜の男の紫に燃える瞳が、サーシャの言葉を欲しがっている。

「き、来て。挿れて、奥まで入ってきて」

快感に震えていたサーシャは、雷竜の男のそびえ立つものを見て、息を呑んだ。こんなに大きいものが自分の中に入るのか？

ロウエンが甘く香る液体を指に垂らし、自分のものを濡らす。濡れた熱い塊が押しあてられ、びくりと体がすくむ。

「このときを待ち焦がれていた」

低い声に甘くささやかれて、サーシャは体の緊張をほどこうとする。自分も待っていた。今こそ何もかもを彼に委ねるのだ。

圧倒的な大きさのものが、ゆっくりと狭い道を進んでくる。圧迫感にサーシャは涙目になった。

「つらくないか？」

大きな手がサーシャの茎を握りしめ、上下に扱いてくる。そこから与えられる快感に、ふっと体が緩み、その瞬間にロウエンがぐうっと体を進めてくる。

「ふ、うぅ、ああっ、ロウエン」

「痛いのか？」

目を閉じたまま、眉間にしわを寄せて声を洩らすサーシャに、ロウエンがなだめるように声をかける。しかし体はじわじわとサーシャの奥を目指して、押し込むように進む。

「い、たくない、けど、これって、どこまで？」

ロウエンのものはいったいどこまで来るのか？　薄い腹の中、侵入するものの大きさにサーシャは目を見張る。

「これで全部入った」

いったん動きを止め、信じがたいほど深く入り込んだ雄をなじませる。

「お、おっきい」

大きさの衝撃で子どものような感想しか出ない。

「でも、君のここはちゃんと私を受け止めて、欲しがってくれている。ねっとりと熱く絡みつくようだ」

「き、気持ちいい？」

「ああ、最高だ」

サーシャの茎をあやすように扱きながら、ロウエンはゆっくりと動きだした。太い質感で押されると、指でもたまらなかった部分への刺激が幾数倍にもなる。前からも快楽を与えられ、サーシャは高い声を上げた。

「あ、も、もう、い、いいっ」

噴き出した蜜がロウエンの指を濡らし、扱く音もぬめった淫猥なものになる。ロウエンの動きも次第に大胆になり、抜き差しをするくちゅりという音がいやらしく響く。

濡れているせいか、皮膚と皮膚からロウエンの興奮がビリビリと伝わってくる。サーシャはうっすらと目を開けた。ロウエンの髪が天に向かって逆立ってきた。パチパチと火花が散っている。

「ロウエン、雷、きれい」

きれぎれに洩らした言葉を耳にして、ロウエンは唇を寄せてきた。熱い舌に口中を貪られ、繋がった体を揺すられ、声も出せない快楽に、サーシャはのけぞった。

粘膜をこすり、下腹をえぐるように突きこんでは引く。ロウエンの激しい動きに、自分の腰も淫らに合わせて動く。繋がったまま蕩けてしまいそうだ。

「あぁ、だ、だめ、いってしま、う、ふ、あーっ」

「まだいってはだめだ、サーシャ」

耳元の声は優しいが、体を揺さぶる動きは容赦ない。サーシャの体の隅々までを震わせ、味わいつくそうとするかのように、激しく突き進んでくる。

「ロウエンっ、い、いくっ」

ロウエンの荒い息遣いがさらに激しくなる。

そのときが迫っている。体の奥深くで感じる。

快楽に引きずられそうになりながら、サーシャは必死で母の手紙の文を思い出す。

〈褥にいるときも、立っているときと同じ。自分の中から大地へと通す道をつくるのだ。体の奥深く受け止めてから、背骨を通り頭の先から大地へ〉

ぼうっと快感に白く染まる頭で、道を意識する。必ずしも大地に立ってなくとも大丈夫、寝台から床、床から大地へと雷電は通るのだ。

ひときわ大きくロウエンが動き、獣のように呻いた。熱いしぶきが体の最奥に向かって放たれ、同時に覚えのある衝撃が同じ方向を貫いた。受け止めるサーシャは声を上げた。銅色の髪や汗ばみ紅潮した肌から、星のような火花がきらきらと散った。

すさまじい雷鳴が轟き、居城全体が激しく揺れ動いた。

使用人部屋では、老家令主催の使用人たちによる婚礼の宴の打ち上げが行われていた。老家令はみなをねぎらうよう、竜葡萄のワインやご馳走をロウエンから託され、慎ましくも賑やかに皆、楽しんでいたところだった。

一瞬、窓の外が白昼のように明るく感じるほど雷光が閃き、ほぼ同時に堅牢なはずの石組みの城が生き物のようにがたがたと揺れた。テーブルの器もかちゃかちゃと躍り、ワインを満たした杯は倒れた。一同は悲鳴を上げる者、腰を浮かす者、さまざまだった。

これは地震ではない。ごく近くに落ちた雷だ。ということは……。

「サーシャ様はご無事か⁉」

一同は顔を見合わせた。

「一応、ご様子をうかがってくる」

老家令は立ち上がる。

「きっと大丈夫ですよ」

レンは声をかけたが、自分は動かない。

「サーシャ様のところへ行かなくてよいの？」

リラの問いに、レンはにやりと笑った。

「サーシャ様には女王様からのお教えがあったから、きっと大丈夫。俺はおふたりの邪魔はしません」

その瞬間、サーシャは意識を飛ばしていた。全身が吹き飛ばされるかと思うほどの雷電が体を通り抜けた。

「大丈夫か」

ロウエンが優しく額の髪をかき上げて、汗ばんだ肌に口づける。サーシャは広い胸に引き寄せられた。

「うん、ものすごく気持ちよかった」

ロウエンの腕の中に抱かれたまま、満ち足りた溜息をつく。

「君なら大丈夫と思っていたが、少し心配だった」

「大丈夫だよ。これがくせになったら怖いな」

衝撃が絶頂感を高めているのだろうか？　初めてでこんなのはありなのか、と信じられないような快感だった。

「私以外の男の体では満足できないということだ。それはいい」

嬉しそうにロウエンがキスしてくる。舌が滑り込んできて、またサーシャの頭の中を蕩けさせる。さっきよりもずっと早く快感の波がやってくる。ロウエンの首に腕を回してささやく。

「もっとしたいな」

「今夜は何度も雷を鳴らしてやろう」

部屋の外では「ロウエン殿下、サーシャ様、大丈夫でございますか？」と老家令が声を張っていたが、夢中になっているふたりの耳には届かなかった。

＊＊＊

以来、デリンゲルの王宮界隈では夜に轟く雷鳴を、「雷竜殿下たちはお幸せなようで」と誰も恐れなくなったのだった。後に夜の雷は、恋人や夫婦の仲睦まじいことの象徴となったという。

あとがき

こんにちは。魚形青と申します。このたびは拙著をお手にとっていただき、誠にありがとうございます。おかげさまで新しい本を刊行することができました。

今回は雷竜の竜人と銅の精というカップルのお話になりました。ファンタジーは自由に世界をつくり、設定を展開できるのが魅力で大好きです。アイデアをあれこれ組み合わせて、いい感じにピタリとはまるものを考える作業が楽しいのですが、雷電を放つ雷竜と電気伝導性の高い銅の組み合わせにグッときてしまいました。

雷が近づいて髪が逆立っている人の写真を見て、ロウエンのイメージが具体的になったり、銅山から出る孔雀石の深い緑の美しさに魅了されたり、調べものをする間もわくわくすることがたくさんありました。わくわくのピースをちりばめながら、ふたりの物語を描いていくのは日々心躍る作業でした。

雷竜のロウエンは冷静沈着で堅苦しいくらいの優等生タイプですが、サーシャと出会って自分の弱い内面を少しずつ出せるようになります。サーシャは元気いっぱいで遠慮なく人の心に風穴を開け、その手を取ってぐいぐい引っ張っていきます。

自分を律することのできる強い人だけど実はヘタレなところもある攻めと、負けず嫌いで元気な受けというカップルが大好きなので、楽しく書くことができました。

興奮が頂点に達すると雷が落ちる設定にしてしまったので、結婚後は夜な夜な城に響き渡る雷を落とすことになる、文字通りお騒がせなふたりですが、彼らを好きになっていただけたらいいなと思っています。

威厳のある美男のロウエン、素直で可愛いサーシャを素晴らしく魅力的に描いてくださいましたカワイチハル先生、ありがとうございました。キャララフを拝見したとき、私の脳内が見えているのかと思うほど、ふたりのキャラクターにぴったりの絵で感動しました。

いつも物語の最初の読者であり、的確なアドバイスをくださる担当編集様、今回もお世話になり、ありがとうございました。自分では気が付かないところを、読者の皆様がきっと気になる部分だろう、と指摘していただけるので、大変助かります。

最後に、この物語をお読みくださった皆様に心から感謝申し上げます。最後まで楽しく読んでいただけると、とても嬉しいです。

二〇二四年一月

魚形青

雷竜殿下（らいりゅうでんか）と黄金（おうごん）になれない花嫁（はなよめ）

魚形青（うおがたあお）

角川ルビー文庫　24061

2024年3月1日　初版発行

発行者――山下直久
発　行――株式会社KADOKAWA
〒102-8177　東京都千代田区富士見2-13-3
電話 0570-002-301（ナビダイヤル）
印刷所――株式会社暁印刷
製本所――本間製本株式会社
装幀者――鈴木洋介

●お問い合わせ
https://www.kadokawa.co.jp/（「お問い合わせ」へお進みください）
※内容によっては、お答えできない場合があります。
※サポートは日本国内のみとさせていただきます。
※Japanese text only

ISBN978-4-04-114580-7　C0193　定価はカバーに表示してあります。

◇◇◇

KADOKAWA RUBY BUNKO

角川ルビー文庫

いつも「ルビー文庫」を
ご愛読いただきありがとうございます。
今回の作品はいかがでしたか?
ぜひ、ご感想をお寄せください。

〈ファンレターのあて先〉

〒102-8177 東京都千代田区富士見 2-13-3
株式会社KADOKAWA
ルビー文庫編集部気付
「魚形 青先生」係

人の姿でも獣の姿でも、
必ず見つけ出した。
白銀のオオカミと
運命のツガイ
Hakugin no
Ookami to
Unmei no
Tsugai
真崎ひかる
イラスト／金ひかる
孤高の白銀オオカミが全身全霊で
甘やかすのは、変身練習中のニホンオオカミ
動物学者の兄と東欧に着いた途端、迷子になった瑛留は、
突然、白銀の髪の美貌の青年・ジークに首の匂いを嗅がれる!?
ジークの住む里に招かれた満月の夜、ジークは白銀のオオカミに
姿を変え、それを見た瑛留は昂揚のまま――。

ルビー文庫